Sperr deine Fantasie nicht in einen Käfig,
denn ohne sie verliert das Leben seine Farben.

Gib deiner Fantasie Flügel,
dann bringt sie dich überall hin.

Martina Meyn

Liebe mich, rette mich

von
Martina Meyn

Kapitel 1

Während er sich den Helm vom Kopf zog, schweifte sein Blick wachsam über den Platz vor der Schule.

Die ständigen Umzüge und damit verbundenen neuen Klassen hatten seine angeborene Vorsicht weiter ausgeprägt und er witterte hinter jeder Veränderung erst einmal Gefahr.

Warum hatten sich seine Eltern diesmal nur diese Kleinstadt aussuchen müssen?

Neugierige Blicke, leises Getuschel. Die üblichen Reaktionen auf sein Erscheinen.

Er verstaute den Helm unter dem Sitz seines Motorrades und zerrte seine Tasche heraus.

Den folgenden Ablauf konnte er im Schlaf. Direkter Weg zum Schuldirektor, dann zu seiner neuen Klasse. Das nervige Vorstellen, verbunden mit den kokettierenden Blicken der Mädchen und den ablehnenden Haltungen der Jungs.

Reihenweise flogen die Mädchen auf ihn und nicht einmal der Ring an seinem rechten Ohr konnte sie davon abhalten, ihn zu umflattern, wie Motten das Licht.

Nun gut, die meisten konnten mit diesem offensichtlichen Zeichen sowieso nichts anfangen.

Wenn die erst einmal dahinter kamen, dass er für die Jungs keine Konkurrenz bei den Mädchen war, und die Flirtversuche, von denen bei ihm kein Erfolg hatten, würde die Ablehnung und Schwärmerei ziemlich schnell in Abscheu und Hass umschlagen.

Seufzend strich er sich durch das kurze rötlich-braune Haar, bevor er sich in den Kampf stürzte.

Ash musterte den Neuen ausgiebig. Er war groß, fast 1,90, schlank, strahlte Kraft aus und bewegte sich geschmeidig wie ein Raubtier.

Man, dieser Kerl war eine Sünde wehrt, auch wenn Ash sich nicht gerade zu denjenigen zählte, die One-Night-Stands sammelten.

Hundertprozentig unerreichbar, mein Bester. Ash senkte den Blick, um zu vermeiden, dass noch irgendwer darauf aufmerksam wurde, dass er den Neuen genauso intensiv begaffte, wie die weibliche Hälfte der Schüler.

Schlag dir den aus dem Kopf. Der hatte wahrscheinlich schon mehr Mädchen im Bett, wie hier auf die Schule gehen. Und wie Heteros auf die vorsichtige Anmache eines Jungen reagieren, weißt du nur zu gut.

Das leise Lachen hinter ihm ließ Ash heftig zusammenzucken.

„Fängst du gleich noch an zu sabbern oder kriegst du dich vorher wieder unter Kontrolle?"

Conny lehnte sich neben ihn an das Treppengeländer und kramte nach ihren Zigaretten.

Ash lächelte zögernd. „Man darf doch noch träumen, oder?"

„Klar, soviel du willst. Aber sag Bescheid, wenn ich dich davon abhalten soll, vor ihm auf den Boden zu sinken. Dir steht nämlich die Geilheit ins Gesicht geschrieben."

Er wurde rot. Eine lästige Angewohnheit, die ihm schon viel zu oft Spot und Gelächter eingebracht hatte.

Conny legte einen Arm um die Schultern ihres besten Freundes, wobei ihre vielen Armreifen leise klirrten.

„Süßer, das war ein Scherz. Du musst endlich lockerer werden. Vielleicht ist das Glück ja auf deiner Seite und der Neue interessiert sich für dich."

„Ja sicher. Und ich komme vom Mars."

Sie boxte ihn leicht in die Seite.

„Ich meine es ernst, Conny. Und selbst wenn er schwul wäre, glaubst du, mit dem Aussehen will er was von jemandem wie mir?"

Sie verdrehte die Augen. Manchmal ging ihr Ash mit seinen Selbstzweifeln ganz schön auf die Nerven.

„Siehst du eigentlich im Laufe des Tages mal in den Spiegel? Ehrlich, für deine Augen würden manche einen Mord begehen." Sie griff nach dem langen blonden Zopf, der ihm bis über den knackigen Hintern reichte „Und auf dein Haar sind eine Menge Mädchen verdammt neidisch. Deine Wespentaille hätte ich gerne."

„Hör auf, ja? Du zählst Dinge auf, die Jungs an Mädchen toll finden, nicht an einem Jungen. Meine Größe ist lächerlich und ich bin nicht einmal stark genug zum Armdrücken."

Conny gab fürs Erste auf. Wenn Ash seine depressive Phase bekam, konnte ihn niemand so einfach wieder da raus holen.

Sie liebte ihn, so wie er war. Wie einen kleinen Bruder, obwohl der Altersunterschied von gerade zwei Monaten eigentlich nicht der Rede wert war.

Ashs körperliche Unterlegenheit hatte schon früh dazu geführt, dass sie seine Kämpfe übernahm. Streitereien auf dem Spielplatz, im Kindergarten, später in der Grundschule, stets hatte sie sich zwischen Ash und seine Angreifer gestellt, bis diese endlich kapiert hatten, dass es sich nicht lohnte, ihn fertigmachen zu wollen. Nicht, wenn sie auf ein blaues Auge oder eine angeschlagene Nase verzichten konnten.

„Du brauchst einen Freund, mein Süßer."

Ash lachte kehlig auf. „Willst du jetzt auch noch die Kupplerin spielen?"

„Wenn nötig, ja."

Aufmerksam musterte er sie, als beide langsam den Schulhof überquerten. Ihr abwesender Blick machte ihn nervös. Wenn Conny diesen Gesichtsausdruck bekam, hieß das selten etwas Gutes. Meistens endete es im Chaos. Ihr letzter Versuch, ihm zu helfen, hatte dazu geführt, dass er sich beinahe eine Tracht Prügel eingefangen hätte.

„Lass es bitte. Auf dieser Schule gibt es nur zwei weitere Schwule. Die sind erstens eine Klasse über mir und zweitens ein Paar."
„Es muss doch niemand von hier sein. Ich könnte ..."
„NEIN!"
Conny zuckte leicht mit den Schultern. So leicht würde sie nicht klein beigeben.

Crysm folgte seinem neuen Klassenlehrer in den Raum, aus dem ein solcher Krach drang, dass seine empfindlichen Ohren klingelten.
Die Stille jedoch, die einkehrte, als sie ihn wahrnahmen, ließ seine Nackenmuskeln anspannen. Mit einem gelangweilten Gesichtsausdruck verbarg er seine Nervosität und ging zu dem Tisch, den der Lehrer ihm zuwies.
Es fing schon an. Die Mädchen verfolgten jede seiner Bewegungen. Eine kicherte albern, eine andere klimperte so auffällig mit den Wimpern, dass er beinahe laut gelacht hätte.
Widerlich!

Ashs Herzschlag setzte für zwei Sekunden aus, als der Neue sich neben ihn auf den freien Stuhl setzte. Zuerst wurde er blass, dann spürte er, wie die verräterische Röte langsam sein Gesicht verdunkelte.
„Vorsicht Neuer." Mike konnte seine gehässige Zunge wieder einmal nicht im Zaum halten. „Du solltest Abstand wahren, sonst könntest du eine fremde Hand da wiederfinden, wo sie nichts zu suchen hat."
„Hat jemand mal ein Taschentuch? Ash sabbert wie eine läufige Hündin."
Der Lehrer ermahnte die Klasse zur Ruhe, konnte aber nicht verhindern, das Ash immer wieder boshafte, lästernde Blicke zugeworfen bekam.
Er schloss die Augen, um wieder zur Ruhe zu kommen. Diese Gemeinheiten, an die er sich längst hätte gewöhnen sollen, zerrten an seinen Nerven.

Crysms grüne Augen sprühten Funken bei den Worten der Mitschüler. Nur mit eiserner Willenskraft hielt er sich davon ab, aufzuspringen und die anderen zum Schweigen zu bringen.
Er sah kurz zu seinem Tischnachbarn hinüber, der mit geschlossenen Augen und hängenden Schultern auf seinem Stuhl hockte und die zitternden Hände krampfhaft um seinen Kugelschreiber geschlossen hatte.
Nie zuvor hatte Crysm jemanden getroffen, der so zart wirkte, fast wie eine Elfe.
Sein Herz stolperte, schlug dann schneller. Überrascht hob er eine Augenbraue, betrachtete den Jungen genauer.

Er war schmal, fast mager. Die Handgelenke sahen zerbrechlich aus, dazu schlanke, feingliedrige Finger.

Sein Blick wanderte höher. Hohe Wangenknochen, samtige Haut, lange feine Wimpern. Das Haar schimmerte wie flüssiges Gold.

Der Kleine raubte ihm den Atem, so etwas war ihm noch nie passiert. Was war hier los? Er gehörte nun wirklich nicht zu denen, die sich Hals über Kopf verliebten.

Ash öffnete die Augen, als er spürte, dass er beobachtet wurde. Diesmal jedoch war es kein unangenehmes Gefühl. Zögernd sah er zu Crysm. Ihre Blicke trafen sich und er sah hastig wieder weg.

Flipp nicht aus. Er reagiert nur auf das Gequatsche der anderen. Wahrscheinlich denkt er sich gerade eine neue Gemeinheit für dich aus. Er drehte den Kuli zwischen seinen Fingern und leckte sich nervös mit der Zunge über die Lippen.

Als er hörte wie Crysm tief einatmete, wurde er sofort wieder rot. Der warme, nach Pfefferminze riechende Atem an seiner Wange ließ ihn erschauern. „Lässt du mich bei deinem Geschichtsbuch mit rein sehen?"

Die leisen Worte in seinem Ohr verstärkten das Kribbeln auf seiner Haut und er sah Crysm wieder an. In den grünen Augen waren andere Worte zu sehen, als die, die er gerade ausgesprochen hatte. Ash verlor völlig den Faden.

„Du bist süß, wenn du so rot wirst."

Ash blinzelte heftig und starrte auf die Seiten seines Buches. Er musste träumen. Niemals würde ein Junge wie Crysm an jemandem wie ihm Interesse haben. So etwas gab es nicht.

Die körperliche Nähe des anderen sorge auch für den Rest der Stunde dafür, das Ash zwischen Himmel und Hölle hin und her jagte und sofort aus dem Klassenraum floh, als es endlich klingelte.

Zum Glück für seine wirren Gedanken sah er Crysm die restlichen Stunden nicht mehr, da sie nur den Geschichtskurs zusammenzuhaben schienen.

Conny versuchte zwar, irgendeine vernünftige Antwort aus ihrem Freund herauszubekommen wegen dessen fahrigem Verhalten, hatte aber keinen Erfolg.

Das Einzige, was ihr auffiel, war die Tatsache, dass Crysm sich ständig in ihrer Nähe aufhielt und Ash vor Nervosität fast zu zerspringen drohte.

Sie hatte scheinbar etwas sehr Wichtiges verpasst. Kein schöner Gedanke. Sie wollte doch stets alles wissen.

Crysm schloss die Tür des alten Herrenhauses auf, in das seine Familie vor einer Woche gezogen war, und warf seine Tasche und den Motorradhelm neben die Garderobe auf den Boden.

„Hey Mom! Wo steckst du?"

„In der Küche."

Er schwang sich auf den Tresen, der die Küche von der Essecke trennte, und strahlte seine Mutter an.

„Ich glaube, ich habe mich verliebt."

Monika küsste ihren Sohn auf die Wange und strich ihm kurz durchs Haar, bevor sie sich wieder dem Kuchen zuwandte, der aus dem Ofen musste.

„Das sagst du oft."

„Nein, ehrlich. Der Kleine ist was Besonderes. Dagegen war alles davor bloß Schwärmerei."

„Ha." Sie balancierte die heiße Form neben ihn auf die Anrichte. „Deine Wutausbrüche, als wir umgezogen sind und du Daniel zurücklassen musstest, habe ich noch sehr gut in Erinnerung."

„Mom." Er griff nach ihren Händen und zwang sie so dazu, inne zu halten und ihn anzusehen. „Ich meine das wirklich ernst. Dieses Gefühl ist mit nichts vergleichbar. Wer ist Danny? Nur Ash, Ash, Ash!"

„Crysm. Das war dein erster Schultag."

„Na und. Hast du nicht immer gesagt, du hättest vom ersten Moment an gewusst, das Dad der Richtige ist."

Sie seufzte leise. „Lass den Jungen in Ruhe. Ich bitte dich. Es endet in einer Katastrophe. Dir ist es doch schon verdammt schwergefallen, Daniel gegenüber den Mund zu halten. Glaubst du, du schaffst das ein weiteres Mal?"

Crysm sprang vom Tresen. „Danke. Du kannst einem wirklich die Laune verderben."

„Halt! Crysm, bleib hier."

Er blieb tatsächlich an der Tür stehen, drehte sich jedoch nicht zu ihr um.

„Bitte, Schatz. Es gefällt mir hier. Ich möchte nicht wieder umziehen. Wir waren uns einig darin, dass wir zu den Menschen dieser Stadt Abstand halten." Sie atmete tief durch, trat dann hinter Crysm und drehte ihn an den Schultern zu sich herum. „Wenn du Gesellschaft brauchst, laden wir Eric ein. Ihr versteht euch doch gut."

Seine Finger an ihren Lippen brachten sie zum Schweigen.

„Ich hab das eben nicht gehört, Mom. Ich brauche keine Gesellschaft um meine Triebe auszuleben. Und wenn du Eric hierher holst, dann brauchst du keine einzige Umzugskiste mehr auszupacken. Ich muss Ash doch nichts sagen. Er muss das nicht wissen."

„Lügen und Geheimnisse in einer Beziehung sind nie gut."

„Mein Wissen darüber, was mit ihm passiert, wenn er es weiß, ist ausreichend, um das in Kauf zu nehmen."

„Es ist ein Teil von dir, Crysm. Wenn du dagegen ankämpfst, wird dieser Teil umso heftiger hervorbrechen."

„Ich bin keine Sechs mehr. Ich kann damit umgehen. Ich habe die Kontrolle!"

Ihr Blick wurde traurig. „Dein Vater wird nicht sehr begeistert davon sein. Er war schon mit Danny nicht einverstanden." Er schlang seine Arme um ihre schmalen Schultern und hob sie kurz hoch. Sie war kaum größer als Ash, reichte ihm gerade bis zur Brust und war noch immer leicht wie eine Feder. „Mom. Ich werde aufpassen. Und Dad braucht es doch noch gar nicht wissen. Ich bin mir nicht einmal sicher, ob Ash überhaupt Interesse an mir hat." Monika musste trotz ihrer Sorge lachen. „Aber sicher. Du ziehst sie alle in deinen Bann. Glaubst du allen Ernstes, er wäre eine Ausnahme?"

Die gesamte folgende Woche musste Crysm feststellen, das Ash scheinbar tatsächlich diese eine Ausnahme war. Umlagert von den Mädchen, die ihn mit Einladungen auf Partys überhäuften und sich immer wieder etwas Neues einfallen ließen, um seine Aufmerksamkeit zu erlangen – es fehlte nur noch eine, die sich vor seinen Augen die Treppe hinunterstürzte – versuchte er immer wieder, an Ash heranzukommen.

Dass dieser sich selbst im Geschichtskurs einen neuen Platz suchte, war für Crysm ein Schlag ins Gesicht. Nie zuvor war er so deutlich abgewiesen worden.

Seine hervorragend ausgebildeten Sinne jedoch hinderten ihn daran, frustriert aufzugeben. Ash wahrte nicht diesen Abstand aus Desinteresse.

Crysm konnte die Erregung und die Wirkung, die er auf Ash hatte, deutlich riechen. Ebenso die Angst vor den anderen Schülern.

Aber wie wurde man diesen nervigen Haufen kichernder Weiber los, wenn selbst böse Blicke und beleidigende Worte ihre Wirkung verfehlten?

Kapitel 2

Der Zufall kam Crysm am Ende der zweiten Woche schließlich zu Hilfe.

Gerade als er sich auf sein Motorrad setzte und starten wollte, sah er Ash wütend gegen sein Fahrrad treten.

Er brauchte nur eine Sekunde, um sich zu entschließen, endlich zu handeln.

„Brauchst du Hilfe?"

Ash sah erschrocken auf. Niemand auf dieser Schule bot ihm freiwillig seine Hilfe an. Niemand außer Conny, die schon auf dem Weg nach Hause war.

Crysms Nähe sorgte sogleich dafür, dass sein Herz wieder davonraste. Er verlor sich in den grünen Augen und erst die Wiederholung der Frage brachte ihn in die Wirklichkeit zurück.

Überhastet wandte er sich zu seinem Rad. „Es ist nur ein Platten. Nichts, was ich nicht reparieren kann." Er gab ein abgehacktes kehliges Lachen von sich. „Mittlerweile bin ich Profi darin, Fahrradreifen zu flicken."

„Wenn du willst, fahr ich dich nach Hause."

Ash strich fahrig mit den Händen über den schwarzen Sattel. „Das brauchst du nicht. Ich komme zurecht."

Crysm verringerte den Abstand zwischen ihnen beiden. „Komm schon", flüsterte er. „Es stört mich nicht, einen Umweg zu fahren. Und wenn du keine Angst vor meiner Maschine hast, wo liegt dann das Problem?"

Ash drehte sich zu ihm herum, sah kurz zu ihm hoch, wandte dann aber den Blick wieder ab.

„Dreh dich mal um. Dann weißt du es."

Crysm blickte hinter sich. Es waren noch genügend Schüler auf dem Gelände, die jetzt teils neugierig, teils fassungslos zu ihnen herüber sahen.

„Angst?", fragte er.

Ash kicherte nervös. „Wie bitte? Bist du schon mal von einem Haufen kreischender Weiber verfolgt worden, die dir an die Kehle wollten, weil du den Falschen angemacht hast?"

Überrascht von seinem eigenen Gefühlsausbruch trat Ash einen Schritt zurück.

Crysm grinste vergnügt. „Wie es ist, von kreischenden Weibern verfolgt zu werden, weiß ich. Mir wollen sie meist nicht an die Kehle, sondern an die Hose. Kein nennenswerter Unterschied, oder?"

Trotz seiner angespannten Nerven musste Ash lachen. „Nicht sehr, nein." Er sah Crysm wieder an. Langsam flaute die Panik, die ihn erfasst hatte, wieder ab.

Er hätte es nie für möglich gehalten, sich so normal mit Crysm zu unterhalten. Vor allem aber hätte er nie gedacht, dass er selbst es schaffte, vernünftige Sätze auszusprechen und nicht bloß dämlich herumzustottern.

Mit einem tiefen Seufzer hob er seine Tasche vom Boden auf.

„Also gut. Ich nehme dein Angebot an. Ich bin wirklich nicht scharf darauf eine halbe Stunde zu laufen."

„Großartig." Crysm wies zu seinem Motorrad. „Ich habe sogar einen zweiten Helm dabei."

„Leihst du mir den auch Morgen. Dann werden sie mich nämlich erschlagen wollen."

Crysm blieb neben dem Bike stehen, holte den Helm unter dem Sattel heraus und reichte ihn Ash.

„Nicht wenn ich es verhindern kann."

Ashs Herz hüpfte wie ein Gummiball. Ein winziges Lächeln huschte über seine Lippen, bevor er den Helm über den Kopf zog und hinter Crysm aufsaß.

Crysm griff nach seinen Händen und zog sie um seine Taille. „Schön festhalten. Ich will dich nicht auf halber Strecke verlieren."

Ash schwebte auf Wolke sieben davon. Nicht einmal die empörten, feindseligen Blicke seiner Mitschüler nahm er noch wahr. Er spürte nur Crysm, seine kräftigen Bauchmuskeln, seinen beruhigend gleichmäßigen Herzschlag. Er sog seinen anziehend männlichen Duft ein und schloss zufrieden die Augen. Diese Fahrt konnte ewig dauern.

Conny saß im Schneidersitz auf Ashs Bett. Während sie genüsslich ihre Lieblingschips knabberte, beobachtete sie ihren Freund dabei, wie er in seinem Zimmer hin und her tigerte.

„Eigentlich solltest du doch jetzt ziemlich glücklich sein." Sie schob die Tüte zur Seite und leckte sich die letzten Krümel von den Fingern. „Er hat dich sogar geküsst."

„Auf die Wange."

„Immerhin. Mehr, als eine unserer Superbräute von ihm bekommen hat."

„Sie werden mich umbringen."

„Moment mal, Ash. Dafür, dass Crysm schwul ist und du sein Interesse geweckt hast, kannst du nichts."

„Sag das nicht mir, sag das den Furien."

Conny klopfte neben sich auf das Bett und Ash setzte sich seufzend.

„Muss das immer so kompliziert sein? Ich würde am liebsten Freudensprünge machen. Aber nein. Stattdessen denke ich nur an den Ärger morgen."

„Dann tu es nicht. Du hast dir den atemberaubendsten Kerl der Schule geangelt. Sei stolz drauf."

Die Zweifel in seinem Gesicht machten Conny wütend.

„Ash! Hör endlich auf, es jedem Recht machen zu wollen. Jetzt bist du einmal dran. Genieße es. Egal, was die anderen davon halten oder über dich denken. Außerdem glaube ich nicht, das Crysm dich einfach im Regen stehen lässt. Er wird morgen auch da sein."

Langsam nickte er.

„Außerdem glaube ich kaum, dass irgendwer den Mund aufmacht, wenn Crysm seinen bösen Blick aufsetzt."

Jetzt musste Ash lachen.

„Das kann er gut, oder? Eigentlich müssten sie längst alle zu Eis erstarrt oder tot umgefallen sein."

Conny lächelte ebenfalls, auch wenn sie seine Worte gar nicht so amüsant fand. Diese Blicke machten ihr verdammt viel Angst. Da war nichts Menschliches mehr in seinen Augen. Animalische Kälte, wie man sie sonst nur bei Wölfen oder Raubkatzen sah, wenn diese auf Beute aus waren.

Ash bemerkte davon scheinbar nicht das Geringste. Anscheinend machte Liebe tatsächlich blind, denn er gehörte sonst zu den sehr vorsichtigen Menschen, die sich auf ihr inneres Alarmsystem verließen.

Eilig schob sie die düsteren Gedanken zur Seite. Wahrscheinlich sah sie eh nur Gespenster.

Crysm hielt am Straßenrand, gerade als Ash das Haus verließ.

„Hey. Lust auf eine weitere Fahrt?"

Ash nickte lächelnd. „Gern." Er war überrascht ihn zu sehen, freute sich aber sehr darüber.

Der Weg zur Schule war viel zu kurz. Schon als Crysm seine Maschine aufbockte, konnte Ash die Unruhe der anderen Schüler spüren. Am liebsten wäre er sofort wieder verschwunden.

Crysm spürte seine Angst deutlich. Aufmunternd umschloss seine Hand Ashs zitternde Finger. Ihre Blicke trafen sich und Crysm hauchte einen kurzen Kuss auf Ashs blasse Lippen.

Noch benommen von dieser unerwarteten Nähe ließ Ash sich einfach hinterher ziehen. Er hatte ihn tatsächlich geküsst, vor der gesamten Schule. Mit der anderen Hand umfasste er Crysms Handgelenk, spürte den gleichmäßig ruhigen Puls seines Freundes. Er schien vor gar nichts Angst zu haben. Diese Ruhe übertrug sich langsam auf ihn.

Nicht einmal Mikes boshaftes Lächeln konnte ihm in diesem Moment etwas anhaben.

„Sieh an, sieh an. Die kleine Schwuchtel hat endlich mal Erfolg beim Angeln gehabt." Sein Blick schoss zu Crysm. „Hätte nicht gedacht, dass du aufs Arschficken stehst." Das Grinsen wurde breiter. „Aber warum diese Flasche? Lässt er sich gut vögeln, oder was?"

Eine Sekunde später lag Mike auf dem Boden und schnappte entsetzt nach Luft. Crysm hatte Ash nicht einmal losgelassen, als er ihm mit einem Tritt die Beine weggefegt hatte.

„Halte deine Zunge im Zaum, oder beleidige jemand Anderen."
Crysms Lächeln war eisig. „Ich warne dich nur einmal. Wenn du Ash zu nahe kommst, vergesse ich meine gute Erziehung."

Ash sah mehrmals zurück, als sich Crysm von der Gruppe entfernte.
„Warum hast du das gemacht?"
„Reiner Reflex. Ich kann solche Typen nicht ausstehen." Er blieb stehen, umschloss mit beiden Armen Ashs schmale Taille und zog ihn dicht zu sich heran. In seinen Augen war nichts mehr von der unterdrückten Wut zu sehen, die in seinen Worten mitgeschwungen hatte.

„Ich hoffe, ich hab dich nicht allzu sehr erschreckt."
Ash schüttelte den Kopf. Erschreckt nicht, vielmehr war er überrascht gewesen. Crysm war schnell, atemberaubend schnell.
Das Lächeln ließ seine blauen Augen funkeln.

„Das ist gar nicht so schlecht. Solange du mich nicht irgendwann so umwirfst, könnte ich sogar Gefallen daran finden."
Crysm verringerte den Abstand zwischen ihnen lachend. „Du wirst vor mir ewig sicher sein."

Seine Lippen senkten sich auf Ashs Mund, ließen ihn erbeben. Als dieser dann seine Zunge spürte, gab er nur allzu gern nach, ließ sich von dem Feuer einfangen, was zwischen ihnen aufflammte.

Für wenige Sekunden konnte er etwas in Crysm ertasten, was vollkommen fremd schien. Etwas, was nicht dorthin gehörte. Es machte Ash keine Angst, es weckte seine Neugier. In Crysm schlummerte scheinbar etwas Großes, Gewaltiges.

Mit einem leisen Knurren wich Crysm zurück. „Süßer, wenn wir weitermachen, bekommen sie alle noch eine Menge mehr zu sehen. Du machst mich verrückt. Ich verliere meine Beherrschung."

Ash strich mit den Fingerspitzen über seinen Nacken. „Klingt aufregend", flüsterte er benommen.

„Oh ja." Crysm küsste ihn auf die Stirn. „Aber nicht hier. Dafür will ich dich ganz allein haben."

Ash löste seine Umarmung. Crysm schlug Seiten in ihm an, von denen er nicht einmal gewusst hatte, dass er sie besaß. Niemals wäre ihm vorher der Gedanke gekommen, sich einfach so fallen zu lassen. Alles um sich herum einfach zu ignorieren. Müsste er sich deswegen Sorgen machen? Nein, doch bestimmt nicht. Hatte ihm nicht jemand erst vor Kurzem geraten, nicht darüber nachzudenken, was andere dachten?

Conny ließ die beiden nicht eine Sekunde aus den Augen. Sie konnte sich nicht erklären, was auf einmal mit ihrem Freund los war. Ihr gefiel diese plötzliche Veränderung ganz und gar nicht. Es war so, als hätte Crysm ihn verhext. Gestern noch machte er den Eindruck, lieber die Schule zu schwänzen, als sich dem Gerede zu stellen und heute?

Kapitel 3

Lautlos jagte das riesige Tier durch das Wäldchen, setzte mit Leichtigkeit über den gurgelnden Bach, der die Lichtung von den Bäumen trennte, und schoss schnell wie ein Pfeil über die Wiese. Die panische Flucht der Tiere in seiner Umgebung registrierte er nur am Rande. Er war nicht auf der Jagd. Nicht heute Nacht. Die ersten Lichter der Häuser ließen ihn langsamer werden. Mit zuckenden Ohren lauschte er gegen den Wind, hob seine Schnauze höher und sog die vielen Gerüche tief ein.

Endlich konnte er den einen speziellen Duft herausfiltern, nahm die Spur auf und trabte näher auf die Lichter zu.

Das wütende Bellen eines Hundes ließ ihn am Ende der Straße innehalten. Ein tiefes Knurren kroch seine Kehle hinauf, wurde von Sekunde zu Sekunde lauter, bis der Hund winselnd seine Revierverteidigung aufgab.

Seine geweiteten Pupillen nahmen auch hier im Dunkeln jeden Umriss wahr. Zielstrebig steuerte er auf sein Ziel zu, kroch zwischen die Büsche, die das Grundstück von den Nachbarn abgrenzte, und robbte weiter.

An dem Fahrrad vor der Garage blieb er stehen, schnüffelte ausgiebig und sah dann wieder zum Haus. Das Heulen, das ihm schließlich entschlüpfte, wollte er einfach nicht unterdrücken. Er sollte wissen, dass er hier war, auch jetzt auf ihn aufpasste.

Ash sprang mit einem Satz aus dem Bett und wich so weit wie möglich vor dem offenen Fenster zurück.

Das laute, nur langsam ausklingende Heulen jagte ihm eiskalte Schauer über den Rücken. Es schien direkt aus dem Garten zu kommen.

Sein Entsetzen legte sich. Sein Herzschlag fand zum normalen Rhythmus zurück.

Himmel, er hatte sich wirklich heftig erschrocken bei diesem unerwarteten Heulen.

Zögernd schlich er zum Fenster zurück und versuchte etwas draußen zu erkennen.

Im gleichen Moment wurde auf der Veranda das Licht angeschaltet und sein Vater trat heraus, ein Gewehr in den Händen.

Hinter sich hörte Ash seine Mutter ins Zimmer kommen.

„Geh vom Fenster weg!" Sie packte ihn am Arm und zerrte ihn zu sich. „Jetzt kommen diese Wölfe schon bis in die Wohnorte. Fehlt nur noch, dass morgens ein Bär durchs Küchenfenster schaut."

Wie immer, wenn Sandra in Panik geriet, versuchte sie Witze zu machen. Leider nie mit besonders großem Erfolg.

Draußen waren jetzt mehrere Stimmen zu hören. Die halbe Nachbarschaft war auf den Beinen.

„Ich geh runter. Bevor Dad wirklich noch etwas trifft mit diesem Ding."

Seine Mutter im Schlepp trat er nach draußen.

„Alles in Ordnung, Dad?"

„Geh ins Haus, Ash. Hier ist es nicht sicher."

Ash streckte seine Hand aus, legte sie auf den Lauf des Gewehrs und drückte sie zu Boden.

„Was immer es war, es ist bestimmt nicht mehr hier."

In der Ferne konnte man das Jaulen einer Sirene hören. Irgendein übervorsichtiger Nachbar hatte anscheinend auch noch die Polizei gerufen.

Etwa eine Stunde kauerte er nun schon zwischen der Hecke und der Garage. Die Lichter der vielen Lampen auf den Grundstücken blendeten seine empfindlichen Augen, das chaotische Durcheinander um ihn herum rauschte in seinen Ohren. Endlich fuhr der Streifenwagen wieder davon und die aufgeregte Menschenmenge löste sich auf. Nach und nach erloschen die Lichter und er wagte sich millimeterweise aus seinem Versteck.

Ash stand an seinem Fenster und beobachtete seine Nachbarn dabei, wie sie wieder in ihre Häuser zurückkehrten. Dieser ganze Wirbel wegen eines einzigen verirrten Wolfs. Manchmal verstand er die Erwachsenen wirklich nicht. Das Tier hatte wahrscheinlich viel mehr Angst als sie alle zusammen.

Die letzte Laterne wurde ausgeschaltet und Ash wollte gerade wieder zurück ins Bett, als er die schemenhafte Bewegung an der Garage wahrnahm.

Seine Augen weiteten sich, unbewusst hielt er den Atem an.

Das war tatsächlich ein Wolf, der da die Auffahrt hinunter trabte.

Ash blinzelte. Unmöglich! Das Tier war riesig. Sogar größer als eine Dogge.

An der Straße blieb er stehen und drehte sich um, schien trotz der Dunkelheit direkt zu ihm hochzublicken.

Ash gab ein überraschtes Keuchen von sich, als der Wolf leicht mit seinem Schwanz wedelte und dann auf dem Asphalt davon jagte.

„Das glaubt mir niemand", flüsterte er. „Niemand!"

Conny wartete ungeduldig am Fahrradständer. Als Ash endlich auftauchte, trat sie von einem Bein auf das andere. „Was war denn heute Nacht bei euch los. Mein Vater hatte wirklich miese Laune, dass er so spät noch mal raus musste."

„Guten Morgen."

„Ja, ja." Sie winkte ungeduldig ab. „Komm schon. Mir wollte er ja nichts sagen."

„Ein Wolf hat sich in unsere Vorgärten verirrt, das ist alles."

Zweifelnd musterte sie ihren Freund, der ausgiebig damit beschäftigt zu sein schien, das Schloss an seinem Rad anzubringen.

„Du verschweigst mir doch was. Ich kenne dich viel zu gut, Ash." Das Knattern einer Maschine unterbrach sie. Innerlich stöhnte Conny auf. Jetzt würde Ash gar nicht mehr reden.

Crysm verstaute seinen Helm und kam dann zu ihnen hinüber. „Hey, Ash." Er hauchte ihm einen Kuss auf die Lippen und legte dann einen Arm um seine Schultern. Conny baute sich vor ihnen auf.

„Ash, wir sind noch nicht fertig. Was war wirklich los?"

„Ich hab's doch gesagt. Ein Wolf war in unseren Vorgärten. Ende der Durchsage. Warum machen alle einen solchen Wirbel darum?"

„Wölfe sind gefährlich."

„Wieso? Bist du ein Reh?"

Conny bedachte Crysm mit einem giftigen Blick für sein Einmischen. „Wenn so ein Tier in die Stadt kommt, dann sicher nur aus Hunger. Da wird es sich nicht mit der Jagd nach Tauben begnügen."

Crysm lächelte sie nur herablassend an und schob Ash dann vorwärts.

Conny stampfte wütend mit dem Fuß auf. Was glaubte er eigentlich, wer er war? Und Ash folgte ihm wie ein Schaf. Mit jeder verstreichenden Stunde wurde das Gefühl größer, das es ein Fehler gewesen war, Ash auch noch zu ermuntern, mit diesem Kerl etwas anzufangen. Er war ja nicht mehr wiederzuerkennen.

„Vielleicht hat sie ja recht."

„Womit? Dass ein einzelner Wolf gefährlich ist?"

„Schon möglich. Vielleicht ist er krank und wagt sich deshalb hierher. Oder er ist irgendwo entlaufen und hat keine Angst vor Menschen."

Crysm blieb stehen. „Sweet Heart. Zerbrich dir doch nicht den Kopf wegen so etwas. Das war bestimmt nur ein dummer Zufall, dass er überhaupt bemerkt worden ist. Was meinst du denn, wie viele Tiere nachts durch die Gärten streifen."

Ash nickte zögernd, sah Crysm aber dann nachdenklich an. „Ich hab ihn gesehen. Crysm, das war kein gewöhnlicher Wolf."

Für den Bruchteil einer Sekunde flackerte etwas in den grünen Augen auf, was Ash jedoch nicht greifen konnte. Schließlich lachte Crysm und zog ihn fest in seine Arme. „Blödsinn. Du warst bestimmt übermüdet und die Dunkelheit hat dir einen Streich gespielt."

Crysms Nähe, das gleichmäßige Schlagen des Herzens und das Streicheln seiner Hände auf dem Rücken lenkten Ashs Gedanken ab. Er hatte bestimmt recht. Er war einfach nur übermüdet gewesen.

Monika riss beinahe die Tür aus den Angeln, als sie endlich die Maschine ihres Sohnes hörte.

„Ich will mit dir reden, Crysm. Sofort!"

19

Er folgte ihr ins Wohnzimmer, warf seine Tasche in den Sessel und ließ sich aufs Sofa fallen.

Mit hochgezogenen Brauen wartete er, während seine Mutter vor dem Kamin auf und ab lief.

„Seit wann ist es in unserer Familie Sitte, Versprechen nicht zu halten?"

Crysm seufzte. „Es war ein Fehler, ich weiß. Ich wollte ihn nur sehen."

„Du hast die halbe Stadt in Panik versetzt!"

„Es tut mir leid, okay? Beim nächsten Mal bin ich vorsichtiger."

Ruckartig blieb sie stehen. „Beim nächsten Mal? BEIM NÄCHSTEN MAL!" schrie sie. „Es wird kein nächstes Mal geben, verstanden? Ich hätte deinem Vater von Anfang an alles sagen sollen. Jetzt ist er außer sich. Deine Schwärmerei für diesen Jungen bringt unsere Familie in Gefahr, Crysm."

„Das ist keine Schwärmerei."

„Es ist mir egal, was es ist. Du wirst es beenden. Du stellst diesen Menschen nicht vor das Wohl der Familie."

Wütend sprang er auf. „Es war ein verdammter Fehler, Mom. Ein einziger Fehler. Du kannst nicht von mir verlangen, dass ich dafür alles einfach wegwerfe."

„Ich habe es gerade getan."

Ihre geflüsterten Worte trafen ihn wie ein Dolch.

Die Blicke die Mutter und Sohn sekundenlang austauschten, hatten nichts Menschliches mehr.

Schließlich rauschte Crysm aus dem Raum, knallte die Tür hinter sich zu, polterte die Treppe hinauf und warf auch seine Zimmertür ins Schloss.

Bebend sank Monika auf einen Stuhl. Seine Stärke war ihrer eigenen um ein Vielfaches überlegen. Das hatte sie gerade sehr deutlich zu spüren bekommen. Wenn Crysm das ebenfalls wahrnehmen würde, konnte sie ihm keinerlei Vorschriften mehr machen.

Sie griff nach dem Telefon auf dem Tisch vor sich, drückte auf die Wahlwiederholungstaste und schloss die Augen. Noch immer raste ihr Herz.

„Malek. Du musst heute eher nach Hause kommen. Er hat mir nicht einmal zugehört."

Kapitel 4

Unwirsch sah Crysm zur Tür, als es klopfte.

„Ich bin nicht zu sprechen."

Dass doch geöffnet wurde, zeigte, dass nicht seine Mutter herein wollte.

„Du kannst gleich wieder gehen. Ich werde meine Meinung nicht ändern."

Malek setzte sich auf die Bettkante und musterte Crysm aufmerksam.

„Wir hatten uns geeinigt, dass wir hier sehr vorsichtig sein werden. Keine Wiederholung des Ärgers vom letzten Mal."

Crysm starrte zur Decke. „Ich weiß."

„Wir sind noch nicht einmal vier Wochen hier."

„Ich kann rechnen, Dad."

„Schön. Wenn du so clever bist, wie du gerne behauptest, warum dann diese Ignoranz? Glaubst du, du weißt es besser. Dass wir dich einfach nur quälen wollen?"

„Im Augenblick tut ihr genau das." Er sah seinen Vater an. „Er ist was Besonderes. Ich will und ich werde ihn nicht aufgeben."

Malek beugte sich zu ihm, stützte eine Hand neben Crysms Kopf ab und hielt seinen Blick mit seinem eignen fest.

„Bist du dir so sicher?"

Crysm nickte.

„So sicher, dass du ihm alles erzählen würdest und schon im Voraus sagen kannst, wie er darauf reagiert?"

Da Crysm schwieg, lächelte Malek traurig. „Du manipulierst ihn, richtig? Du bist schon längst dabei, seine Sinne zu täuschen. Und dann willst du allen Ernstes mich davon überzeugen, dass er ein solches Geheimnis für sich behält."

Er stand auf und trat ans Fenster. Der verletzte Ausdruck in den Augen seines Sohnes war schwer zu ertragen.

„Wenn du es ihm sagen würdest, und nur ein einziges Mitglied unserer Familie sieht in ihm eine Gefahr, wie lange glaubst du, dass du ihn beschützen kannst?"

„Bei Danny hat es funktioniert."

„Natürlich. Weil Danny nichts über unser wahres Wesen wusste. Weil in dem Fall einzig und allein eure Beziehung Anstoß genommen hat."

Malek drehte sich wieder zu ihm um.

„Beende es. Wenn du es nicht für uns tust, dann für ihn. Er wird sterben, ist dir das bewusst?"

„Solange niemand etwas erfährt ..."

„Crysm bitte. Was glaubst du, mit wem ich heute schon alles telefoniert habe. Du hast gestern Nacht beinahe eine Lawine los getreten. Gib diesem Stein nicht noch einen extra Stoß."

„Eine Woche." Crysm setze sich auf. „Gib mir eine Woche. Ich werde ihn nicht weiter verwirren. Er wird mich so sehen, wie ich bin. Wenn er dann noch mit mir redet, erzähle ich es ihm." Er verkrampfte die Finger ineinander, sprach es dann aber doch aus. „Wenn er wider Erwarten so reagiert, wie du es vermutest, werde ich nicht versuchen, ihn zu schützen. Dann, aber erst dann werde ich mich den Regeln beugen."

Malek sah seinen Sohn endlose Sekunden lang an. Schließlich nickte er. „Eine einzige Woche. Keinen Tag länger."

Conny stellte das Glas Orangensaft vor Ash auf den Tisch und setzte sich ihm gegenüber.

„Also? Worüber wolltest du reden?" Er wartete, doch als Conny weiterhin schwieg, wurde er ungeduldig. „Komm schon. Am Telefon klang es so dringend. Jetzt bekommst du den Mund nicht auf."

„Es geht um Crysm."

Er nickte nur. Das hatte er sich schon denken können.

„Irgendetwas stimmt nicht mit ihm. Du solltest vorsichtig sein. Ehrlich. Er macht mir Angst."

„Warum? Er hat dir doch gar nichts getan."

„Es geht nicht darum, was er getan hat oder nicht. Hast du schon mal in seine Augen gesehen. Ich meine, richtig hingeschaut. Und so wie er alle behandelt, könnte man meinen, er sei regelrecht auf Probleme aus. Lange werden die sich nicht so von oben herab behandeln lassen. Mike kocht noch immer."

Ash nippte an seinem Glas.

Klar hatte er es gespürt. Von Anfang an. Nur war dieses Fremde, Bedrohliche, was von Crysm ausging, nie gegen ihn gerichtet gewesen. Was immer es auch war, was er tief in seinem Innern hütete, Ash wusste instinktiv, dass er sich darüber keine Sorgen machen brauchte.

„Ich finde, du übertreibst. Oder du bist einfach neidisch."

Conny schnappte empört nach Luft. „Ich bin nicht neidisch. Ich will einfach nicht, dass dir jemand wehtut."

„Dann hör auf damit. Crysm wird mir nicht wehtun."

„Woher willst du das so genau wissen. Ihr kennt euch gerade eineinhalb Wochen. Ihr seid erst seit drei verdammten Tagen zusammen, und du glaubst, alles von ihm zu wissen?"

„Das habe ich nie behauptet. Aber ich habe das getan, was du gerade verlangt hast. Ich habe ihm in die Augen gesehen. Er wird mir nie etwas antun. Und es ist dabei egal, ob wir uns drei Tage, drei Wochen oder drei Jahre kennen."

Ash legte den Kopf leicht schief und sah Conny traurig an. „Es ist das erste Mal, dass ich jemanden sofort sosehr vertrauen konnte. Mach mir das nicht kaputt. Bitte. Ich will mich nicht irgendwann zwischen euch beiden entscheiden müssen."

Conny gab schweren Herzens nach. Vielleicht übertrieb sie wirklich. Oder aber Crysm war für Ash tatsächlich keine Gefahr. „Aber ich darf hoffentlich weiter ein kleines bisschen misstrauisch sein."

„Wenn es dir Spaß macht."

Sie schüttelte nur lächelnd den Kopf und legte ihre Hand auf seine. „Es scheint Liebe auf den ersten Blick also wirklich zu geben. Ich hab's einfach nicht glauben wollen."

Die folgende Woche verging wie im Flug. Und sosehr sich Crysm auch wunderte, Ashs Verhalten ihm gegenüber änderte sich nicht. Er verwirrte Ash nicht mehr, wenn er in seiner Nähe war. Er lenkte seine Gedanken nicht mehr so, wie er es gern hätte.

Ashs Vertrauen jedoch blieb.

Er lud Crysm sogar zu sich nach Hause ein, stellte ihn seinen Eltern vor, die ihn mit höflicher Zurückhaltung begrüßten. Das lag wahrscheinlich eher daran, das ihr Sohn seinen Freund vorstellte, nicht seine Freundin, und nicht an Crysm selbst.

Es war Freitagnachmittag, als Crysm sich schließlich ein Herz fasste. „Hast du heute Abend schon was vor?"

Ash warf das Fahrradschloss in seine Tasche und schüttelte den Kopf. „Nein. Vielleicht mit Conny Videos gucken. Warum?"

„Ich würde dich gern zu mir einladen. Ich muss dir was sagen."

Neugierig sah Ash ihn an. „Klingt wichtig."

„Sehr wichtig."

Jetzt musste Ash lachen. „Crysm, du machst ein Gesicht, als hättest du vor, mir zu erzählen, dass du mal jemanden umgebracht hast. Klar komme ich." Er legte seine Arme um Crysms Taille. „Vielleicht wird das ja ein schöner Abend", flüsterte er.

Crysm strich langsam über Ashs Haar. „Du weißt gar nicht, wie sehr ich mir das wünsche. Meine Adresse hast du. Acht Uhr?"

Ash stellte sich auf die Zehenspitzen, griff mit einer Hand in sein Haar und zog ihn zu sich herunter.

Der Kuss ließ Crysm erbeben. Mit einem leisen Stöhnen ging er auf das Zungenspiel ein, zog Ash näher heran.

Dieser Junge raubte ihm den Verstand. Er wollte gar nicht daran denken, was passieren würde, wenn Ash sich nach diesem Abend von ihm abwenden würde.

Atemlos wich Ash zurück. „Das muss bis nachher reichen."

Crysm lächelte traurig, seine trüben Gedanken konnte er diesmal nicht einfach zu Seite schieben.

„Lass mich nicht warten, ja? Sei pünktlich."

Ash schwang sich auf sein Rad, zwinkerte ihm zu. „Ich verspreche es."

Die kaum beleuchtete Straße zu dem etwas abseits gelegenen Haus, in dem Crysm mit seiner Familie wohnte führte eine Anhöhe hinauf. Ash trat schnaufend in die Pedale. Wenn er erst mal angekommen war, brauchte er wahrscheinlich eine Dusche.

Dass plötzlich jemand vor ihm auf die Straße trat und ihm den Weg versperrte, brachte Ash fast zu Fall.

„Mike?!" Irritiert wurde er sich auch David bewusst, dem Jungen, der Mike stets wie ein Schatten folgte, und der nun langsam näher kam.

„Geh zur Seite. Ich hab's eilig."

Crysm lief seit einer halben Stunde im Wohnzimmer auf und ab. Allmählich zerrte seine Unruhe an Monikas Nerven.

„Könntest du dich setzen. Du rennst noch Löcher in den Teppich."

„Es ist nach acht. Er wollte längst hier sein."

Malek faltete seine Zeitung zusammen. „Ruf ihn an."

„Und dann. Wenn seine Eltern sagen, dass er schon unterwegs ist, machen die sich nur unnötig Sorgen."

Crysm sah nachdenklich zum Fenster. „Ich geh ihm entgegen."

Bevor seine Eltern ihn zurückhalten konnten, war er schon draußen.

„Dein Wunderknabe scheint dich mutiger werden zu lassen, Schwuchtel." Mike packte Ashs Fahrradlenker und grinste ihn boshaft an. „Ich habe da eine wichtige Info. Er ist nicht hier!"

Ash versuchte, das Rad aus seinem Griff zu bekommen. Angst kroch langsam in ihm hoch, umschloss sein Herz wie ein Schraubstock.

Als Mike endlich losließ, tat er es nur um eine Sekunde später Ash am Hals zu packen.

„Wehr dich, Schwuchtel", zischte er. „Mal sehen, ob du genauso schnell bist, wie dein Lover."

„Crysm macht dich fertig, wenn du nicht sofort loslässt", krächzte Ash, während er an Mikes Handgelenk zerrte.

Mike zog die Augenbrauen hoch. „Soll das eine Drohung sein?" Er stieß Ash von sich. Dieser stolperte einige Schritte zurück. David stellte ihm ein Bein, und Ash landete hart mit dem Rücken auf den Boden. Ihm blieb die Luft weg. Bevor er wieder reagieren konnte, trat Mike ihm in die Seite. „Bedanke dich bei Crysm dafür. Ich lasse mich von niemandem so vorführen."

Ash versuchte gegen die Tränen anzukämpfen, die ihm jetzt in die Augen schossen, und rollte sich zusammen, um seinen Gegnern so wenig Angriffsfläche wie möglich zu bieten.

Er kannte Mike gut genug, um zu wissen, dass dieser noch lange nicht fertig war. An Flucht brauchte er nicht einmal zu denken. Keine zwei Meter weit würde er kommen.

Langsam kam der kräftigere Junge in Fahrt. Seit Tagen durfte er sich den Spott seiner Mitschüler anhören, wie leicht Crysm mit ihm fertig geworden war. Das stank förmlich nach Rache. Und wenn er sich nicht an diesen Mistkerl herantraute, dann halt an jemanden, der ihm viel bedeutete.

Ein tiefes Knurren ließ Mike innehalten. David wich einige Schritte zur Seite. „Was war das?"

„Wahrscheinlich ein streunender Hund."

Ash versuchte aufzustehen, doch Mike trat ihm so heftig in den Magen, das er sofort wieder zusammenklappte. „Hab ich gesagt, dass wir fertig sind?"

Das Knurren wurde lauter.

Plötzlich schrie David auf. „Dort." Mit weit aufgerissenen Augen wies er die Straße hinauf.

„Was ist ...? Oh mein Gott!"

Mike sah ihm fassungslos nach. So schnell hatte er David noch nie rennen sehen. Wütend drehte er sich um. Wer immer ihn störte, würde sich noch wünschen, das nie getan zu haben.

Die erste Warnung hatten sie einfach ignoriert.

Als er sah, wie der schmächtige Junge wieder zu Boden getreten wurde, gab er seine Zurückhaltung auf und jagte direkt auf die Gruppe zu.

Dass einer der beiden Angreifer die Flucht ergriff, interessierte ihn nicht besonders. Das Ziel seines Zorns stand wie festgenagelt auf der Straße.

Er spannte die Muskeln an, stieß sich ab und sprang. Seine Größe und sein Gewicht brachten den Jungen sofort zu Boden und er begrub ihn unter sich.

Mit gefletschten Zähnen fixierte er ihn, konnte seine Angst deutlich riechen. Langsam öffnete er seinen Kiefer und berührte mit den Reißzähnen den Hals seines Opfers, direkt an der wild pochenden Hauptschlagader.

Endlich bekam Ash wieder etwas Luft. Mühsam richtete er sich auf, wandte sich zu dem bedrohlichen Knurren hinter sich um.

Das war er. Der Wolf aus dem Garten. Sekundenlang konnte Ash ihn nur mit offenem Mund anstarren, bis ihm bewusst wurde, was dieses Tier vorhatte.

„Nein!"

Ruckartig hob er den Kopf, seine grünen Augen erfassten den Jungen, den er unbedingt beschützen wollte. Dieser Blick, mit dem er ihn ansah. Er konnte einfach nicht genau sagen, was es war. Angst, Entsetzen, Panik, Überraschung.

Nervös zuckten seine Ohren.

Als Mike merkte, dass diese Bestie abgelenkt war, befreite er sich mit Mühe von dem riesigen Körper. Ohne einen weiteren Blick für Ash übrig zu haben, schnappte er sich dessen Rad und jagte davon.

Ash zitterte am ganzen Körper. Noch immer konnte er seinen Blick nicht von diesen grünen Augen abwenden, die ihm so vertraut schienen.

Er schüttelte leicht den Kopf. Das konnte nicht sein. Unmöglich!

Wie in Zeitlupe streckte er eine Hand aus, doch bevor er das rötlich-braune Fell berührte, zog er sie wieder zurück.

„Crysm?"

Der Wolf winselte leise, die lange buschige Rute wedelte über den Asphalt.

Ash wurde kalt, sehr kalt.

Als er bewusstlos zusammensackte, stieß der Wolf ein ohrenbetäubendes Geheul aus.

Kapitel 5

Ganz langsam kehrte Ash aus seiner Bewusstlosigkeit zurück. Vorsichtig öffnete er einen Spaltbreit die Augen. Alles, was er sah, war ihm fremd.

Irritiert zog der die Brauen zusammen, als er die lauten Stimmen wahrnahm, die aus einiger Entfernung zu kommen schienen.

Mühsam richtete er sich auf, spürte gleich darauf, wie sein Körper gegen die Bewegung protestierte.

Sein Magen, sein Rücken und seine rechte Seite schmerzten höllisch und ließen nur abgehackte, flache Atemzüge zu. Sein Hals brannte wie Feuer.

Mike hatte mal wieder ganze Arbeit geleistet.

Nach und nach nahm Ash mehr von der Umgebung wahr.

Er lag auf einem weich gepolsterten Sofa in einem großen Raum. Dicke dunkelgrüne Vorhänge säumten fast die gesamte Wand gegenüber von ihm. Links mehrere Vitrinen mit feinen Porzellanfiguren, rechts ein großer schwarzer Flügel vor einem Kamin, ein zierlicher Glastisch, der in der Mitte der Sitzecke stand.

Endlich schaffte er es, sich aufzusetzen, spürte den weichen Teppich an seinen bloßen Füßen. Zögernd griff er nach dem Glas Wasser auf dem Tisch und trank vorsichtig einige Schlucke, wobei seine angegriffene Kehle nicht gerade in begeisterten Jubel ausbrach.

Allmählich kehrte die Erinnerung zurück. Vereinzelte Bilder von scharfen Zähnen, rötlich-braunem Fell und grünen Augen.

„Ich will nichts mehr hören, versteht du mich Crysm?" Malek marschierte mit geballten Fäusten durch sein Arbeitszimmer.

„Glaubst du allen Ernstes, sie werden schweigen?"

Crysm ließ den Vorhang wieder vors Fenster fallen und drehte sich zu seinem Vater um. Noch immer saß seine Mutter vor dem Kamin und weinte. Von ihr konnte er keine Hilfe erwarten.

„Ich musste es tun. Wie oft soll ich das noch sagen."

„Überhaupt nicht!", schrie Malek. „Nicht so. Wenn du ihm unbedingt helfen wolltest, dann nicht auf diese Art. Du bringst uns um mit deinem gedankenlosen Handeln."

„Dad, ich wäre nicht schnell genug gewesen. Ich ..."

„Schweig!" Er packte Crysm an den Schultern. „Du hast dich heute verhalten, als hättest du nichts, rein gar nichts in all den Jahren gelernt. Die Menschen sind nicht so dumm, wie du das gern glauben magst. Keine einzige ruhige Minute werden wir hier noch haben. Weil du deinen Verstand hinter deine Gefühle stellst, können wir wieder unsere Bedürfnisse hinten anstellen oder uns im Keller verstecken. Ich hab genug davon, endgültig genug."

Crysm versuchte sich aus dem eisernen Griff seines Vaters zu befreien, als er bemerkte, wie seine Mutter plötzlich still wurde und angespannt den Kopf hob.

Alle drei hielten den Atem an, während sie ihre Sinne ausstreckten und jede winzige Unregelmäßigkeit in ihrer Umgebung abcheckten.

Ash stolperte von dem Sofa weg und sah sich gehetzt um. Alles in ihm schrie danach, augenblicklich von hier zu verschwinden.

Während sein Verstand sich heftig gegen den Gedanken sträubte, dass er vor wenigen Minuten einem Werwolf gegenübergesessen hatte, lief er mit zusammengepressten Zähnen auf die Vorhänge zu.

Durch die Zimmertür würde er mit Sicherheit nicht gehen, dann lief er Crysm wahrscheinlich direkt in die Arme.

Tatsächlich befanden sich die gesuchten Fenster dort, wo er sie vermutete. Sogar eine Glastür, die er schwungvoll aufstieß und auf die Terrasse taumelte.

Die Schmerzwellen, die seinen lädierten Körper erfasst hatten, ignorierte er.

Weg. Er musste hier schnellstens weg!

Monika schoss wie ein Pfeil zur Tür und Sekunden später hörte Crysm ihre Krallen über den Parkettboden der Eingangshalle kratzen.

Malek öffnete das Fenster und sprang einfach nach draußen. Als Crysm sich nach draußen beugte, verschwand der schwarze Wolf gerade um die Hausecke.

Die Panik, die ihn erfasste, als er gespürt hatte, das Ash im Nebenzimmer die Terrassentür aufstieß, hinderte Crysm daran, so schnell zu handeln wie seine Eltern.

Jetzt jedoch siegte die Angst um seinen Freund und er sprang ebenfalls in den Vorgarten.

Ash lief über die große Wiese, ohne darüber nachzudenken, wo er eigentlich hinwollte. Es war unwichtig, solange er genügend Distanz zu dem alten Herrenhaus aufbaute.

Das unverwechselbare Hecheln des Jägers, das er schließlich hörte und das mit jedem Schritt lauter wurde, ließ ihn einen Blick zurückwerfen.

In der Dunkelheit konnte er nur einen großen Schatten sehen, nahm dicht dahinter einen weiteren wahr und geriet ins Straucheln.

Unsanft schlug Ash auf dem Boden auf, versuchte sofort wieder auf die Beine zu kommen, doch das dunkle Knurren dicht an seinem Ohr ließ ihn innehalten.

Heißer Atem schlug ihm ins Gesicht. Ihm wurde übel, als er die Bilder wieder vor sich sah, wie der Wolf sich über Mike gebeugt hatte.

Ash schloss die Augen, krallte seine Finger in die feuchte Erde und wimmerte.

Ich will nicht sterben! Bitte, bitte. Ich will noch nicht sterben.

Crysm rannte einfach in seine Mutter hinein. Sie stürzte, überschlug sich von der Wucht des Aufpralls zweimal und kam schwankend wieder auf ihre Pfoten. Das Nackenfell aufgestellt schnappte sie mit gefletschten Zähnen nach ihm, doch Crysm sträubte sein Fell bis zur Schwanzspitze, stellte sich direkt über Ash und knurrte. Ein Ohr drehte er in Richtung seines Vaters, der von Crysms Angriff völlig überrascht worden war und erst einmal auf Abstand ging.

Sie wagte einen Scheinangriff, doch Crysms Zähne schlugen knapp vor ihrer Schnauze zusammen.

Diese Warnung schien tatsächlich auszureichen.

Sie taxierten ihn zwar noch mit mörderischen Blicken, doch sein anhaltendes Knurren ließ sie endlich den Rückzug antreten.

Das Chaos, was um ihn herum plötzlich ausbrach, machte Ash beinahe wahnsinnig. Eine weitere Ohnmacht hätte er jetzt sehr begrüßt, doch leider blieb diese aus. Stattdessen konnte er nach scheinbar endlosen Minuten hören, dass sie sich zurückzogen. Wenigstens zwei von ihnen. Der dritte blieb. Seine Anwesenheit lähmte Ash auch weiterhin.

Lieber würde er hier auf dem Boden Wurzeln schlagen, als auch nur mit einer Wimper zu zucken.

Crysm wartete, bis er seine Eltern im Haus verschwinden sah, dann erst entfernte er sich etwas von Ash. Sein Liebling lag noch immer zitternd so da, wie er gefallen war. Sein rasendes Herz konnte er so deutlich hören, wie sein eigenes.

Für seine Wandlung brauchte Crysm nicht einmal zwei Sekunden, dann streckte er vorsichtig eine Hand aus und strich Ash durchs zerzauste Haar.

„Sweet Heart. Sie sind weg, du kannst dich wieder bewegen, okay."

Da nichts geschah, fasste er ihn vorsichtig an den Schultern und versuchte ihn zu sich heranzuziehen.

Ash reagierte. Blind vor Panik schlug er schreiend um sich, verpasste dabei Crysm einen solchen Hieb gegen den Kiefer, das dieser glaubte, er hätte ihm jeden Zahn einzeln ausgeschlagen.

Nur mit Mühe bekam er Ashs Hände zu fassen, drückte sie gegen seine bebende Brust und zog ihn fest in seine Arme.

„Es ist gut. Bitte, Ash. Beruhige dich." Immer wieder flüsterte er ihm die Worte ins Ohr, bis Ash langsam in seiner Umarmung zusammensackte.

„Sag mir, dass das ein Albtraum war."

Crysm schloss die Augen, drückte den schmächtigen Jungen noch enger an sich. „Das kann ich nicht."

„Du musst! Du musst es sagen. Ich bin nicht verrückt. So etwas gibt es nicht. Nein, nein, nein!"

Langsam wiegte er Ash wie ein Kind in seinen Armen. „Natürlich bist du nicht verrückt. Es ist wahr. Ich wollte nicht, dass du es so erfährst."

Ash brach in ein wirres Gelächter aus, was schließlich in einem heftigen Weinkrampf endete.

Mit zitternden Fingern streichelte Crysm sein Haar. „Ich hab dich eingeladen, um es dir zu sagen. Aber ich hätte es dir gerne erspart, meine Eltern so zu sehen."

„Eltern?!", schluchzte Ash heiser. „Das waren Bestien."

Crysms heftiges Zusammenzucken war wie ein Stromschlag für seine Amok laufenden Sinne. Nach und nach wurde ihm bewusst, wie nah Crysm ihm war, wo sie waren und was sein Freund vor Kurzem noch dargestellt hatte.

Ash stieß ihn unsanft von sich und sprang auf. Doch als er Crysm vor sich sitzen sah, flaute seine Angst sofort wieder ab, ließ deutlich sichtbare Verwirrung zurück. Überrascht hob er die Brauen und blinzelte mehrmals. „Du bist nackt", stellte er zögernd fest.

Crysm errötete tatsächlich, trotz der Dunkelheit konnte Ash das deutlich sehen.

„Das bleibt nicht aus, wenn man die Gestalt wechselt." Sein Lächeln fiel ziemlich kläglich aus.

„Es tut mir wirklich leid. Ich konnte nicht anders handeln, ich musste dich vor Mike beschützen. Und als Wolf bin ich nun mal sehr viel schneller."

Ash ging vor Crysm auf und ab. Das Entsetzen, was immer noch dafür sorgte, das er zitterte wie Espenlaub, machte langsam einem anderen Gefühl Platz. Neugier.

Dieses Fremde, das er von Anfang an bei Crysm gespürt hatte, konnte er endlich in Worte fassen. Und auch wenn sein Verstand nach wie vor lautstark protestierte, sagte sein Herz doch etwas völlig anderes.

Crysm hatte ihn davor bewahrt, von Mike wieder einmal ins Krankenhaus geprügelt zu werden. Und er hatte ihn sogar vor seinen Eltern beschützt.

„Also gut. Wenn du sowieso vorhattest, es mir zu sagen, werde ich dir zuhören." Sein Blick huschte von Crysms Gesicht tiefer und diesmal spürte er die Hitze auf seinen Wangen. „Aber könnten wir das woanders tun, vor allem, wenn du wieder was anhast?"

Crysms Augen glitzerten kurz. „Natürlich." Er stand auf und Ash trat noch weiter zurück. „Der Abstand ist gut", murmelte er. „Erst reden."

Crysm streckte ihm seine Hand entgegen. „Glaubst du wirklich, ich würde dich jetzt versuchen zu verführen?"

Ash atmete tief durch. „Vielleicht klingt das ja ziemlich komisch, in Anbetracht der Situation", langsam berührte er Crysms Finger. „Aber du müsstest mich nicht einmal verführen."

Warum dachte er jetzt an Sex?

War er verrückt geworden?

Oder weigerte sich sein Verstand einfach logisch zu denken und seine Gefühle für Crysm übernahmen gerade die Führung?

Egal, Ash wollte nicht denken. Er wollte vergessen, Entscheidungen hinauszögern und sich sicher sein, dass das vor ihm immer noch sein Freund war.

In Crysms Augen tobte ein Feuer, was kein Licht brauchte, um hell zu leuchten. Er verstärkte den Griff um Ashs Hand. „Was spricht dagegen?"

„Ha, eine ganze Menge." Ash sah von Crysms Hand hoch in seine brennenden Augen. „Wirklich", flüsterte er. „Eine Menge."

Unbewusst strich er sich mit der Zungenspitze über die Lippen, beobachtete dabei, wie Crysms Blick mehr und mehr einem Vulkan glich. Er konnte die Hitze beinahe körperlich spüren.

Der Abstand zwischen ihnen wurde noch kleiner. Ash legte die andere Hand auf Crysms Brust, fühlte sein heftig schlagendes Herz an den Fingerspitzen. Diesmal erbebte er nicht vor Angst, überwand die letzten Zentimeter zwischen ihnen und küsste Crysm.

Sie schienen beide mitten in diesem Feuer zu stehen, bereit, darin zu verbrennen. Aufstöhnend empfing Ash Crysms Zunge, umspielte sie mit seiner und versuchte noch näher an seinen starken Körper heranzukommen.

Crysm umschloss Ashs schmale Taille, zog ihn mit sich zu Boden, drehte ihn dort auf den Rücken und unterbrach kurz den Kuss, um wieder zu Atem zu kommen. Ash protestierte wimmernd, umfasste mit beiden Händen seinen Nacken und öffnete herausfordernd den Mund.

Das wiederholte Berühren ihrer Zungen ließ Funken durch ihre Körper jagen. Crysm schob seine Hände unter Ashs Shirt, strich über die warme, samtige Haut und stöhnte dunkel auf, als er Ashs Hände auf seinem Rücken spürte.

Er hob kurz den Kopf, streifte Ash das Shirt über, warf es achtlos zur Seite und begann eine heiße Spur vieler kleiner Küsse auf seinem Hals hinunter zu seiner Brust und seinem flachen Bauch zu legen. Keuchend vergrub Ash seine Hände in Crysms Haar, ließ sich von den Wellen der Lust langsam davon treiben.

Er bäumte sich auf, als Crysm mit der Zungenspitze in seinen Bauchnabel stieß, rieb sich an seinem Oberschenkel und entlockte ihm ein tiefes Knurren.

Ungeduldig zerrte Crysm ihm die Jeans von den Hüften, schob sie ebenso wie das Shirt weg und stöhnte lustvoll auf, als er sah, das Ash darunter nackt war.

Vorsichtig umfasste er mit einer Hand sein Glied, hauchte einen Kuss auf die Spitze und beobachtete zufrieden, wie Ash bis in die Fingerspitzen erbebte. Langsam schob Crysm seine schlanken Beine auseinander, strich mit der anderen Hand zwischen seine Spalte, während er weiterhin seinen Penis streichelte.

Ash wand sich wie eine Schlange unter ihm, stöhnte und wimmerte abwechselnd. Was Crysm da mit ihm machte, war himmlisch. Er wollte mehr davon, viel mehr.

Als Crysm einen Finger in ihn hinein schob, jaulte er vor Lust auf. Crysm hielt inne. Trotz seiner eigenen Erregung konzentrierte er sich ganz genau darauf, ob es Ash gefiel, was er tat.

„Hör nicht auf!" Ashs Blick war glasig, als er den seines Freundes suchte. „Warum machst du nicht weiter?"

Crysm spürte deutlich, dass seine Beherrschung sich nach und nach verabschiedete. Als er den Finger wieder bewegte, kam ihm Ash mit einer leichten Hüftbewegung entgegen.

Mit dem zweiten Finger weitete er ihn noch mehr, spürte mit der andere Hand Ashs hartes zuckendes Glied.

Ashs Hände glitten ziellos über den Boden, während die verschiedensten Farben vor seinen geschlossenen Lidern explodierten.

„Crysm, bitte!"

Es war vorbei. Sosehr Crysm es wollte, irgendwann hatte auch er seine Grenzen erreicht.

Er zog seine Finger zurück, verrieb nur kurz etwas Speichel auf seinem schon längst steifen Glied um ihn gleitfähiger zu machen. Dann hob er Ashs Beine auf seine Schultern und drang langsam in ihn ein.

Das Ash mehr als bereit dafür war, spürte er daran, wie mühelos es ging. Keine Anspannung, kein Verkrampfen. Crysm beugte sich weiter zu ihm hinunter, strich ihm das Haar aus dem schweißnassen Gesicht und küsste ihn zärtlich.

Als er sich vorsichtig bewegte, sein Glied ein Stück herauszog, um gleich darauf wieder zuzustoßen, stöhnte Ash dunkel auf. Seine eigene Härte rieb dabei an Crysms Bauch. Er passte sich den Bewegungen an, hielt Crysms Blick mit halb geschlossenen Augen fest.

Crysm ließ los, ließ sich nur noch von seinen Empfindungen leiten. Sein Stöhnen vermischte sich mit Ashs Keuchen, wurde lauter.

Als er spürte, wie Ash sich verkrampfte, sich mit einem kehligen Schrei aufbäumte und seinen Samen gegen Crysms Bauch spritzte, schlug die Welle auch über ihm zusammen. Knurrend biss er Ash in den Hals, saugte an der zarten Haut, verströmte sich heiß in ihn und sackte dann auf ihm zusammen.

Nur verzögert nahm Crysm seine Umgebung wieder wahr. Er spürte Ashs wild schlagendes Herz an seiner Brust, richtete sich langsam auf und glitt aus ihm heraus.

„Hey, Sweet Heart?" Er berührte seine Wange.

Ash öffnete lächelnd die Augen. „Das war der absolute Wahnsinn." Crysm legte sich neben ihn, zog ihn in seine Arme und küsste seine feuchte Stirn.

„Schön, dass es dir gefallen hat."

Ash kuschelte sich enger an ihn heran. „Gefallen klingt harmlos." Er legte den Kopf in den Nacken und sah Crysm mit funkelnden Augen an. „Scheint so, als wäre es gar nicht so übel, einen Wolf zum Freund zu haben."

Einen Augenblick war Crysm sprachlos, dann lachte er laut auf. „Du glaubst also, meine Fähigkeiten in Bezug auf Sex kommen daher, ja?" Ash verschränkte seine Finger mit denen von Crysm. „Es war besser, als ich es mir je ausgemalt habe. Keine Ahnung, ob es wirklich davon kommt. Du warst schließlich der Erste. Vergleiche also ausgeschlossen."

Crysm drehte sich auf den Rücken, zog Ash auf sich. „Für dein erstes Mal hätte ich mir einen anderen Ort suchen sollen."

Ash schüttelte nur lächelnd den Kopf. „Alles perfekt." Er küsste ihn wieder. „Ich könnte mich daran gewöhnen."

Crysms Hände strichen über seinen Hintern, er kniff ihn leicht in die rechte Pobacke. „Du hast nicht vor, Hals über Kopf davon zu rennen?"

Ash berührte seine leicht geschwollenen Lippen. „Nein. Wenn du mir versprichst, dass du weiterhin auf mich aufpasst."

„Das muss ich nicht versprechen, Ash. Das ist selbstverständlich. Und mit meinen Eltern werde ich mich auch noch einigen. Ganz sicher."

Ash legte seinen Kopf auf Crysms Brust. Es war komisch, aber seine Angst schien tatsächlich verschwunden. Crysm war sein Freund und er liebte ihn, egal was oder wer er war.

Himmel, er hatte einen Werwolf zum Freund!

Kapitel 6

Crysm zog Ash hinter sich durch die Terrassentür ins Wohnzimmer. Nachdem er ihn zum Sofa dirigiert hatte, auf dem er vor nicht allzu langer Zeit aufgewacht war, drückte er beruhigend seine Hand. „Du wartest hier. Rühr dich nicht vom Fleck. Ich bin gleich wieder zurück."

Ash nickte nur, doch kaum war Crysm verschwunden, als die Angst zurückkehrte. Seine Eltern waren hier irgendwo. Das war ihr Haus. Sie hatten ihn töten wollen. Nervös klemmte er seine zitternden Hände zwischen die Knie und lauschte angestrengt auf verdächtige Geräusche.

Leider konnte er sein Hirn nicht mehr daran hindern zu denken und immer deutlicher wurde ihm bewusst, dass er einfach verrückt sein musste, da er tatsächlich noch hier war. Jeder andere wäre doch längst Hals über Kopf laut schreiend geflohen.

Das lautlose Eintreten der fremden Frau ließ ihn mit einem Schrei aufspringen.

Ihr Haar war von einem intensiveren Rot als Crysms, aber sie hatte auch grüne Augen.

„Sie müssen seine Mutter sein, richtig?"

Ihr eisiger Blick erstickte jeden weiteren Versuch in Ash, höflich zu sein.

Crysm wo bleibst du?

Es war leichter die Muster auf dem Teppich zu betrachten, als sie länger anzusehen. Das heftige Zittern konnte er jedoch noch immer nicht verbergen.

Auffällig langsam setzte sie sich Ash gegenüber in einen Sessel, wobei sie ihn keine Sekunde aus den Augen ließ. Ihre gesamte Körperhaltung signalisierte ihm, dass sie jederzeit bereit zum Angriff war, ebenso, dass sie nicht zögern würde, ihn dieses Mal tatsächlich zu töten.

Crysm kam nicht allein zurück. Der Mann, der hinter ihm die Zimmertür schloss, musste, so vermutete Ash, folglich sein Vater sein.

Der Blick aus seinen dunkelbraunen Augen war nicht weniger abweisend, wie der seiner Frau.

Das Schweigen im Raum zerrte an Ashs Nerven und er war froh, dass sich Crysm neben ihn setzte und seine Hände festhielt.

„Ihr könnt sagen, was ihr wollt. Nichts wird mich dazu bringen, Ash aufzugeben."

„Spar dir den Atem." Malek bedachte seinen Sohn mit einem kühlen Lächeln. „Der Familienrat wird darüber entscheiden."

Crysm schnaubte verächtlich. „Das war ja klar, dass ihr euch sofort mit ihnen in Verbindung setzt."

„Ich verbiete dir diesen herablassenden Ton!"
Ash duckte sich, als Malek die Worte herausschrie. „Du hast es gewagt, deine Mutter anzugreifen. Dein Eigen Fleisch und Blut wegen eines nutzlosen Menschen."
„Ich habe denjenigen verteidigt, den ich liebe. Was anderes würdest du auch nicht tun."
Abwehrend hob Malek die Hand. „Wir sollten es lassen. Warten wir ab, was die Familie dazu sagt." Er musterte Ash herablassend. „Und jetzt schaff ihn hier raus. Sofort!"
Crysm stand langsam auf. Ash klammerte sich an seinen Arm, wie an einen Rettungsring.
„Du willst ihn tatsächlich einfach so gehen lassen?"
„Ganz recht. Du bist doch der Meinung, dass er den ganzen Ärger wert ist. Dann dürfte er hoffentlich so viel Verstand besitzen, um zu wissen, dass ihm sein Schweigen besser bekommt, als wenn er irgendjemandem vom heutigen Abend erzählt. Oder gibst du dich neuerdings mit Schwachsinnigen ab?"
Crysm bezwang nur mit äußerster Willensstärke seine Wut über die Beleidigungen, die sein Vater von sich gab. Er legte beruhigend einen Arm um Ashs immer stärker zitternden Körper. „Wenn du darauf aus bist, jemanden zu verletzten, dann wende dich an mich, aber lass Ash in Ruhe."
„Bring ihn endlich aus dem Haus, Crysm." Monika hatte sich bis dahin zurückgehalten, doch langsam drohte Malek, die Beherrschung zu verlieren. Sie konnte gut darauf verzichten, dabei zusehen zu müssen, dass sich Vater und Sohn ernsthaft verletzen könnten.
Crysm verließ den Raum, nicht ohne hinter Ash wütend die Tür krachend zuzuwerfen.

Nachdem er seine Maschine vor Ashs Haus gestoppt hatte, lächelte er ihn zärtlich an. „Ich meine jedes Wort ernst, was ich gesagt habe. Du brauchst keine Angst zu haben. Ich beschütze dich."
Ash umarmte ihn kurz. „Ich glaube dir ja. Aber deine Eltern wirken sehr gefährlich."
„Schon möglich." Crysm küsste ihn sanft zum Abschied. „Aber sie müssen an mir vorbei, wenn sie an dich heran wollen."
Als Ash schon halb durch den Vorgarten war, ließ ihn Crysms Ruf noch einmal stehen bleiben. „Es war fantastisch, Sweet Heart. Ich liebe dich."
Diesmal war Ashs Lächeln endlich wieder frei von jeder gerade noch gespürten Angst. „Ich liebe dich auch."

Bereits am nächsten Morgen rauschte der erste Gast ins Haus. Crysms Tante Chiara war eine seiner Lieblingsverwandten. Wild und unberechenbar, so beschrieb Malek sie immer. Eine Einzelgängerin, die sich immer wieder über jede Regel hinwegsetzte.

Ihr Auftauchen überraschte Crysm. Gerade sie hatte er am wenigsten erwartet.

„Hey, mein Großer." In der Eingangshalle zog sie ihn stürmisch in ihre Arme und drückte ihm einen schmatzenden Kuss auf die Wange.

„Warum bist du hier? Freiwillig wird mein Vater dich bestimmt nicht hergerufen haben."

„Hat er auch nicht. Aber bestimmte Informationen verbreiten sich schnell. Ich hab mir gedacht, dass du Hilfe brauchen könntest."

Crysm drückte sie kurz an sich. „Immer, Chiara. Danke."

„Willst du für noch mehr Probleme sorgen?" Monikas gereizte Worte ließen beide aufblicken.

„Schwesterchen. Ich wünsche dir auch einen schönen Tag."

Verächtlich schnaubte Crysms Mutter.

„Ich erinnere mich noch gut daran, wie solche Treffen wegen mir immer abgelaufen sind. Crysm kann Unterstützung also sehr gut gebrauchen."

„Pah, wenn er sich so verhalten würde, wie wir es verlangen, bräuchten wir dieses Treffen nicht."

Chiara wandte sich kopfschüttelnd ab. „Hast du nicht Schule oder so was, geliebter Neffe? Wir fahren dich hin, dann können wir noch ein wenig ungestört plaudern."

Mit Monikas wütenden Blicken im Rücken verließen sie beide das Haus.

Auf dem Platz davor stand ein auffälliger, roter Porsche Carrera, an dessen Motorhaube ein junger Mann lehnte.

„Dein neuer Freund?" Crysm reichte ihm zur Begrüßung die Hand.

„Ja. Das ist Thomas. Er sieht klasse aus, mh?"

Crysm zwängte sich lachend auf die schmale Rückbank des Wagens.

„Nicht mein Typ."

Während sie den Motor startete und langsam auf die Straße lenkte, warf sie einen kurzen Blick in den Rückspiegel.

„Was ist passiert?"

Die gesamte Fahrt über erzählte Crysm, mit Unterbrechungen, um sie zur Schule zu dirigieren, in allen Einzelheiten von dem vorangegangenen Abend. Nur ihr Liebesspiel im Garten ließ er aus.

Chiara hielt vor dem flachen grauen Schulgebäude. „Glaubst du wirklich, dass er stark genug ist, die nächsten Tage durchzustehen?" Sie drehte sich zu Crysm um. „Sie werden ihn in der Luft zerreißen, sobald sie herausgefunden haben, wo er am verletzlichsten ist."

„Ich werde Ash beschützen."

Sie schüttelte den Kopf. „Ich verrate dir, wie es laufen wird. Sie reden mit dir, sie reden auch mit deinem Freund. Aber sie werden es tunlichst vermeiden, mit euch beiden zusammen zu reden. Niemand wird dir sagen, was mit ihm besprochen wurde, genauso wie sie umgekehrt nichts sagen werden. Das bedeutet Lügen, Drohungen, Beleidigungen. Du kennst sie alle, denke darüber nach, ob er wirklich die Chance hat, sich gegen sie zu behaupten."

Crysms Blick wurde wütend. „Fängst du jetzt auch davon an, dass ich mich von ihm trennen soll? Vergiss es, Chiara. Niemals!"

„Das habe ich nicht gesagt. Aber möglicherweise trennt er sich von dir."

Crysm knirschte mit den Zähnen, mühsam seinen Zorn unterdrückend. „Lass mich aussteigen."

Kaum war er aus dem Wagen geklettert, als er Ash sah, der in einiger Entfernung an einem Baum lehnte und ihn beobachtete.

Schlagartig war seine Wut verraucht. Er lächelte ihn zärtlich an. „Hey, Sweet Heart."

Ash kam langsam auf ihn zu. Er wirkte angespannt, was Crysm überhaupt nicht gefiel.

„Was ist los?"

„Ich vertraue dir, Crysm, das weißt du."

„Natürlich."

„Aber deinen Eltern muss ich nicht vertrauen, oder? Ich meine, dass ich Angst vor ihnen habe, nimmst du mir nicht übel."

Crysm umarmte ihn. „Sicher nicht. Ich weiß sehr gut, welche Wirkung sie beide auf Fremde haben können."

Ash seufzte an seiner Schulter. „Dein Vater war vorhin vor unserem Haus. Er hat mich aus dem Auto heraus beobachtet."

Crysm schloss kurz die Augen. „Es wird sich alles klären, Ash. Versprochen. Niemand wird deinen Eltern etwas tun. Dad versucht nur, seine Familie zu schützen."

„Ich werde niemanden irgendetwas sagen." Ash sah ihn verzweifelt an.

„Ich rede mit Dad."

Chiaras Räuspern lenkte Crysm ab.

„Darf ich dir meine Tante vorstellen?" Er wandte sich mit leuchtenden Augen zu ihr um. „Chiara, das ist Ash."

Sie musterte ihn lange. Ash war wirklich nicht das, was sie erwartet hatte. Er wirkte scheu und gegen Crysms Größe beinahe winzig. Sein fester Händedruck jedoch zeigte ihr, dass unter der Oberfläche ein verdammt willensstarker Geist steckte. Dieser Junge wusste, wie man zu kämpfen hatte, wenn man in die Enge getrieben wurde.

Amüsiert kicherte sie. „Die Familie wird sich noch wundern. Dein Freund könnte sich als ziemlich harte Nuss erweisen."

Crysm und Ash wechselten einen überraschten Blick. „Wie meinst du das, Tantchen?"

„Nun, er macht auf mich den Eindruck, dass er sich eine ganze Menge gefallen lässt. Stille Wasser sind tief. Sie werden in Deckung gehen müssen, wenn er zurückschlägt."

Ash starrte die Frau mit dem kupferroten, wild gelockten Haar sprachlos an. Nie zuvor hatte irgendwer von ihm behauptet, dass er wehrhaft sein konnte.

„Nun schau nicht so entsetzt. Ich bin ziemlich gut darin, andere mit einem Blick einzuschätzen. Und ich irre mich selten." Sie berührte Crysm kurz an der Schulter. „Wir sehen uns später. Ich werde mal sehen, womit ich deiner Mutter die nächsten Stunden versüßen kann."

„Reiz sie nicht noch weiter. Sie ist so schon mies gelaunt." Ash sah dem Porsche einige Momente nach. „Es gibt noch mehr Ärger, Crysm." Langsam gingen sie zum Schulgebäude. „Mike und David erzählen überall von dem gestrigen Angriff."

„Verdammt."

„War doch eigentlich klar, dass sie nicht die Klappe halten."

„Das meine ich nicht. Ich hab die Idioten total vergessen."

„Und?"

„Ignorieren wir sie. Erst mal will ich wissen, ob ihnen überhaupt jemand zuhört."

Ash nickte und drückte sich enger an Crysm heran. „Ich hab dich vermisst heute Nacht."

„Du warst vollkommen sicher. Niemand wird ..."

Ash blieb lachend stehen. „Das meine ich doch gar nicht." Er zog Crysm zu sich hinunter und küsste ihn kurz, doch es reichte, um deutlich zu machen, wovon er gesprochen hatte.

Crysm spürte, wie heftig er sich danach sehnte, Ash wieder unter sich zu fühlen. Ihn wieder in Ekstase zu bringen.

„Wären wir nicht da, wo wir jetzt geradestehen, könntest du mich nicht mit einem einzigen Kuss abspeisen", knurrte er, als Ash zurücktrat.

Dieser strich Crysm lächelnd mit den Fingerspitzen über die Lippen.

„Wären wir nicht hier, würde mir ein einziger Kuss gar nicht reichen."

Crysm öffnete den Mund, leckte mit der Zunge über Ashs Finger.

„Chiara hat recht. Hinter deiner unschuldigen Fassade verbirgt sich sehr viel mehr, als man ahnen könnte. Du könntest mir verdammt gefährlich werden."

„Wäre das so schlimm?"

„Für meinen Freiheitsdrang? Ja. Ich war noch nie gern von jemandem abhängig. Für mein Herz? Nein! Damit würde ich mich sofort freiwillig an dich ketten."

„Ich werde dich niemals einsperren. Lass mich teilhaben an dieser Freiheit."

„Jederzeit."

Erst die schrille Schulglocke beendete ihren leidenschaftlichen Kuss.

Kapitel 7

Mikes und Davids Gerede wurde als Spinnerei abgetan. Als sie versuchten, in einer der Pausen Ash dazu zu bringen, ihnen zu helfen, rächte er sich für die Prügel und behauptete von nichts zu wissen.

Crysm ließ Mike nicht aus den Augen, der Ash mit mörderischem Blick bedachte. „Das zahl ich dir heim", zischte er.

„Wage es, ihn noch einmal anzufassen, und du kannst am nächsten Tag dein Frühstück im Krankenhaus aus einer Schnabeltasse schlürfen. Wenn überhaupt", knurrte Crysm und David zerrte Mike hastig von ihnen weg.

Diese beiden erst einmal zum Schweigen zu bringen, war einfach. Die nächsten Stunden würden sehr viel schwerer werden.

„Wie sieht's aus? Möchtest du was über meine wilde Verwandtschaft wissen?" Sie schlenderten langsam über den Schulhof Richtung Heimweg. Mit jeder weiteren beendeten Unterrichtsstunde hatte Crysm Ashs wachsende Anspannung gespürt. Jetzt hielt er seine zitternde kalte Hand fest und versuchte ihn wenigstens etwas zu beruhigen.

„Vielleicht. Ich weiß nicht. Kann sein."

Crysm lachte leise. „Komm schon, Sweet Heart. Du reagierst so überraschend ruhig darauf, was wir sind. Lass dich nicht jetzt von deiner Angst bezüglich meiner Familie beherrschen. Sie reißen dir nicht den Kopf ab."

„Ha! Bist du sicher?"

„Du weißt bereits zu viel. So, wie sie auf die Regeln achten, sind ihnen im Moment die Hände gebunden. Sie müssen dich anhören. Und solange du über uns Schweigen bewahrst, dürfen sie dir kein Haar krümmen."

„Das hat gestern noch ganz anders ausgesehen."

„Klar. Als meine Eltern dich angegriffen haben, war nicht einmal sicher, ob du dich genau daran erinnerst, was auf der Straße passiert ist."

Crysm blieb stehen, berührte mit seinen Händen Ashs blasse Wangen und sah ihm fest in die Augen. „Die Regel besagt, dass es eine Schande ist, einen Menschen zu töten, der über unsere Familie Bescheid weiß und dieses Wissen nicht weitergibt. Und Ehre wird bei uns verdammt großgeschrieben."

Der rote Porsche Carrera hielt mit quietschenden Reifen am Straßenrand und Chiara stieß die Beifahrertür auf. "Kommt schon, ihr zwei. It's Showtime."

Ash zwängte sich auf die Rückbank und Crysm setzte sich neben seine Tante. „Wo ist Thomas?"

„Deine Eltern üben gerade mit ihm." Lachend gab sie Gas. „Sie

41

werden sich die Zähne ausbeißen. Der Gute ist Anwalt, die lassen sich nicht so leicht einschüchtern."

Durch den Rückspiegel suchte sie Ashs Blick. „Du kannst dich geschmeichelt fühlen, Süßer. Sie sind alle gekommen. Selbst Sebastian hat seine Einsiedlerhütte verlassen."

Crysm stöhnte auf. „Was will der hier? Er kennt mich überhaupt nicht."

„Unwichtig. Malek hat einen solchen Wirbel veranstaltet, dass sie alle schon mit dem Weltuntergang rechnen. Jedenfalls verhalten sie sich so. Ich vermute, sie glauben, du bringst einen echten Werwolfkiller ins Haus."

„Soll das witzig sein?"

„Ich meine es todernst. Der reinste Hühnerhaufen." Sie zwinkerte Crysm zu. „Deshalb hole ich euch ab. Ich will keine einzige Sekunde verpassen, wenn die Ash zum ersten Mal sehen."

„Schön, dass sich wenigstens einer von uns amüsiert."

„Ja, nicht? Endlich bin ich nur Zuschauer und nicht wieder Auslöser für dieses Treffen. Gönne mir das Vergnügen."

Sie ließ den Wagen über den Kies vor dem Herrenhaus rutschen, drehte sich dann zu Ash um. „Zeig ihnen die Zähne, Kleiner. Nimm kein Blatt vor den Mund. Wenn sie die Krallen ausfahren, mach es ihnen nach. Und vor allem, zeige ihnen nicht, dass du Angst hast."

Ash brachte ein krächzendes Lachen zustande. Seine Beine waren weich wie Pudding, ihm war abwechselnd heiß und kalt. Wenn das keine Angst war, war die Erde eine Scheibe. Wie sollte er so etwas verbergen?

Bevor sie die Haustür ganz erreicht hatten, wurde sie schon von innen geöffnet und Monika ließ sie eintreten.

„Dein Vater erwartet dich in seinem Arbeitszimmer." Mit eisigem Blick verbot sie Crysm jedes weitere Wort und wies Ash den Weg zum Wohnzimmer.

Er wagte es kaum, zu atmen. Nicht einmal Chiaras Anwesenheit konnte ihn aufmuntern. Wenigstens etwas Zeit hätten sie ihm ja geben können. Er hasste es, direkt ins kalte Wasser geworfen zu werden.

Monika schob ihn durch die Tür, als er wie angewurzelt auf der Schwelle stehen blieb.

Für Sekunden glaubte Ash, direkt von einem Rudel Wölfe umgeben zu sein, konnte aber nur ein Dutzend Personen sehen, die ihn mit deutlich erkennbarer Neugier musterten. Doch ihre inneren Wesen schimmerten sehr klar hervor.

Wölfe im Schafspelz. Irgendwie schien ihm dieser Spruch äußerst passend zu sein.

Chiara wies auf einen freien Stuhl. „Setz dich. Mach es dir bequem."

„Deine Freundlichkeit ist unangebracht", fauchte Monika.

„Eigentlich nicht. Ash ist Gast in deinem Haus. Da solltest du ihn auch als Solchen behandeln."

„Wie ich wen behandle, entscheide immer noch ich!" Ihre schrille Stimme ließ Ash auf den Stuhl zusammensinken. Es kam ihm ziemlich falsch vor, die Frau auch noch zu reizen. Chiara schien keine besonders große Hilfe zu sein.

„Möchtest du etwas trinken?"

Ash blinzelte verwundert über die Frage. Die junge Frau, die ihm gegenübersaß, lächelte ihn sogar scheinbar freundlich an. „Nein, danke." Seine Stimme kam ihm vollkommen fremd vor. Sein Nacken schmerzte vor Anspannung, sein Magen krampfte sich zusammen. Wenn er jetzt noch etwas essen oder trinken sollte, würde er sich augenblicklich übergeben müssen.

„Wie lange kennst du Crysm schon?" Diesmal sprach einer der Männer. Sein Gesicht so ausdruckslos, das Ash nicht einmal erahnen konnte, was er von ihm hielt.

„Ungefähr drei Wochen."

„Das scheint mir nicht besonders lang, um eine so weitgreifende Entscheidung zu treffen."

Welche Entscheidung? Ash sah von einem zum anderen. „Ich versteh nicht."

Monikas kalter Blick schien ihn zu durchbohren. „Hast du wirklich geglaubt, mit dem, was du weißt, einfach so weiterleben zu können? Entweder du gibst dein bisheriges Leben auf, oder aber du beendest die Beziehung zu Crysm."

Diesmal konnte er ihre Gefühle sehr genau erkennen. Sie triumphierte angesichts seiner Fassungslosigkeit, die sich überdeutlich auf seinem Gesicht widerspiegelte.

Crysm saß vor dem Schreibtisch seines Vaters und wartete ab. Das Schweigen im Raum zog sich in die Länge. Von den hier Anwesenden konnte er leicht ableiten, wer jetzt bei Ash war. Und diese Erkenntnis gefiel ihm ganz und gar nicht.

Langsam zerrte die Stille an seinen Nerven. „Wenn jemand was zu sagen hat, bitte. Schweigend Löcher in die Luft zu starren kann ich auch woanders."

Ricardo schüttelte leicht den Kopf. „Wir wollten dir die Gelegenheit geben, noch einmal gründlich nachzudenken."

„Lächerlich. Es gibt nichts, worüber ich nachdenken muss. Alles, was ich getan habe, würde ich wieder tun." Er sah seinen Vater herausfordernd an. „Reine Zeitverschwendung."

„Du hast dich über Regeln hinweggesetzt."

„Nein! Ich habe sie alle eingehalten."

Malek schlug mit der Faust auf den Tisch. „Du hast dich einem Menschen in deiner zweiten Gestalt gezeigt und dich sogar zu erkennen gegeben, ohne ihn danach auszulöschen. Als was willst du das bezeichnen, wenn nicht als Verstoß?"

„Wir hatten abgemacht, dass du mir eine Woche gibst, um herauszufinden, wie weit Ashs Gefühle für mich gehen. Ich war und ich bin mir sehr sicher, dass er mich liebt und mich niemals verraten würde. Und genau das verlangt diese Regel. Kein Verstoß tut mir leid."

Malek knirschte mit den Zähnen.

„Glaubst du wirklich, dass sein Vertrauen so groß ist, das er es auf Dauer akzeptieren kann? Er machte gestern nicht den Eindruck auf mich, besonders begeistert über die Wandlung zu sein."

„Ihr habt ihn angegriffen, Dad. Er hat keine Angst vor mir, sondern vor euch."

Doreen legte ihre Hände auf Crysms Schultern. „Möglicherweise findet er es im Augenblick noch aufregend und neu. Aber was ist in ein paar Wochen, Monaten? Wenn ihm klar wird, wie groß die Unterschiede zwischen euch sind? Hast du daran gedacht, was er aufgeben müsste?"

Crysms Augen verengten sich. „Wovon redet ihr. Ich habe nie gesagt, dass ich ihn zu einem von uns machen will. Ash wird kein Werwolf! Und solange das so bleibt, muss er gar nichts aufgeben."

„Das kann nicht dein Ernst sein." Ricardo umfasste grob sein Kinn. „Niemand von uns ist scharf darauf, noch jemanden in der Familie zu haben, der uns ständig in Lebensgefahr bringt. Chiara reicht vollkommen."

Crysm hielt dem wütenden Blick stand. Er hatte nie vorgehabt, Ash zu diesem Leben im Abseits zu zwingen. Keinen Einzigen würde er je so etwas antun. Nicht, nachdem er miterlebt hatte, wie die Frau seines Cousins daran zerbrochen war.

Monika zauberte ein Lächeln auf ihre Lippen, das mit so viel Boshaftigkeit getränkt war, das Ash glaubte, jeden Moment zu Eis zu erstarren.

Sie schien ihn wirklich zu hassen.

„Vielleicht solltest du über diese Worte nachdenken. Geh nach Hause, Mensch. Verkriech dich in deinem Bettchen und wünsche dir, niemals von uns erfahren zu haben."

Ash schossen die Tränen in die Augen. Warum hatte Crysm ihm das verschwiegen? Wieso hatte er ihm nicht gesagt, was alles auf ihn zukam, wenn er sich auf eine Beziehung mit ihm einließ?

Monika öffnete die Tür. „Ich wünsche dir noch ein langes Leben, Unwürdiger."

Ash rannte an ihr vorbei, konnte nur mit Mühe ein lautes Schluchzen unterdrücken. Blind vor Tränen stolperte er durch die Halle, riss die Eingangstür auf und floh die Straße hinunter.

Kapitel 8

Crysm war außer sich, als er erfuhr, das Ash gegangen war. Monika strich ihm durchs Haar. „Ich hatte von Anfang an die Ahnung, dass seine Liebe nicht stark genug sein würde." „Was genau habt ihr zu ihm gesagt?" „Ist das so wichtig? Er hat die Unterhaltung abgebrochen, das sagt doch alles." Ashs Flucht war wie ein Dolchstoß in sein Herz. Das konnte er nicht getan haben. Crysm stürmte in den Garten, trat laut fluchend einen der Gartenstühle von der Terrasse, rannte mehrmals vor den Fenstern auf und ab, bevor er mit einem Satz auf die Wiese sprang und als Wolf davon jagte.

Chiara musterte jeden einzelnen ihrer großen Familie sehr lange. Teilweise schienen sie ganz zufrieden auszusehen, teilweise konnte sie jedoch auch Besorgnis erkennen.

„Wenn er jemals herausfindet, wie du Ash vertrieben hast, wird sich diese Wut gegen dich richten. Das ist dir hoffentlich klar, Monika." „Crysm beruhigt sich wieder."

Kopfschüttelnd verließ Chiara den Raum. Ihre Schwester schien tatsächlich blind zu sein. Es hatte wehgetan, Ash so verstört zu sehen, ebenso war Crysms Schmerz viel zu greifbar gewesen, um ihn einfach zu ignorieren.

Sie fand Thomas in der Küche, wo er sich gerade ein Sandwich zusammenstellte. „Es hörte sich so an, als wäre alles schief gelaufen." „Oh ja. Mehr als das." Sie setzte sich an den Tresen. „Ash ist belogen worden. Genau, wie ich es vermutet habe. Nur weiß Crysm das nicht. Er glaubt, sein Freund wäre nicht stark genug, sich gegen die Familie zu behaupten."

„Willst du es ihm sagen?"

Nachdenklich strich sie mit den Fingerspitzen über die polierte Marmorplatte. „Wenn ich es tue, stelle ich mich gegen alle anderen. Schweige ich, handle ich gegen meine eigenen Prinzipien."

Thomas küsste sie sanft auf die Stirn. „Dann solltest du Crysm gegenüber nur eine Andeutung machen. Wie wär's damit? Ich glaube kaum, dass er so dumm ist, um danach nicht selbst eins und eins zusammenzählen zu können."

Leider musste diese Idee vorerst auf Eis gelegt werden. Crysm lehnte es für den Rest des Tages ab, überhaupt nur jemanden sehen zu müssen und am nächsten Morgen war es kaum besser. Er zeigte seine schlechte Laune am Frühstückstisch so deutlich, dass Chiara es nicht einmal wagte, ihn anzusehen.

Den gesamten Heimweg war Ash gerannt, als wäre der Teufel persönlich hinter ihm. Zu Hause stolperte er die Treppen hinauf, warf seine Zimmertür hinter sich zu und verkroch sich heulend ins Bett.

Crysm hätte ihm sagen sollen, was alles geschehen würde, wenn sie tatsächlich zusammenbleiben könnten. Warum nicht? Warum hatte er das mit keinem Wort erwähnt?

Wütend bearbeitete Ash mit den Fäusten sein Kopfkissen. Er setzte sich ruckartig auf und kniff die geröteten Augen zu schmalen Schlitzen zusammen.

Crysm hätte etwas gesagt! Er hatte Ashs Eltern kennengelernt, spätestens dann hätte er geredet. Ihm alles erzählt und ihn über die Konsequenzen aufgeklärt, sollten sie zusammenbleiben.

Aufstöhnend rieb er sich die Stirn. Sie hatte gelogen! Crysms Mutter hatte ihn durch seine Unwissenheit direkt ins Aus geschossen. Wenn es diese Regel tatsächlich geben sollte, dann musste sie einen entscheidenden Teil dabei ausgelassen haben.

„Pech gehabt. So schnell wirst du mich nicht los." Sein Blick wanderte langsam durchs Zimmer und nach und nach fing sein Verstand wieder an, auf Hochtouren zu arbeiten.

Chiaras Worte kamen ihm immer wieder in den Sinn.

Zeig ihnen die Zähne ... wenn sie die Krallen ausfahren, mach es ihnen nach.

Ganz sicher, die würden ihn kennenlernen. Wütend genug war er um seine Angst völlig zu vergessen. Er hatte Crysm gerade erst gefunden. So einfach entließ er ihn sicher nicht wieder aus seinem Leben. Dafür waren die Gefühle für diesen Werwolf viel zu groß und zu intensiv.

Es war noch früh, als Ash bei Crysm ankam. Da es ihn herzlich wenig interessierte, ob er das gesamte Haus aus dem Bett holte, ließ er den Finger auf der Klingel, bis die Tür beim Öffnen beinahe aus den Angeln gerissen wurde.

Maleks Blick war mörderisch. Nachdem er sah, wer vor ihm stand, änderte sich an seinem Gesichtsausdruck kaum etwas.

„Was willst du?"

Ash erwiderte seinen Blick verbissen. „Ihrer Frau den Hals umdrehen", zischte er herausfordernd.

Für einige Sekunden brachte er Malek damit aus dem Konzept. Genügend Zeit um sich an ihm vorbei in die Halle zu drängeln.

„Wo ist sie?"

Das Krachen der Tür ließ sein Herz einige Takte schneller schlagen, sein brodelnder Zorn jedoch siegte über das kurze Aufflackern der Angst.

„Ich schreie das Haus zusammen, wenn es sein muss. Also? Wo ist sie?"

Schweigend ging Malek voran.

Alle Mitglieder von Crysms Familie in einem Raum zu sehen, hätte Ash zu einem anderen Zeitpunkt das nächste Mauseloch suchen lassen. Jetzt schenkte er ihnen kaum Beachtung.
Nur Crysms Mutter war wichtig. Und die verlor tatsächlich ein wenig Farbe, als sie Ash sah. Ihre Gesichtszüge entglitten etwas, bevor sie sich wieder fing. Sie stieß ihren Stuhl zurück und stand auf. „Raus!"
Ash ging näher auf sie zu. „Setzen sie sich und halten sie die Klappe", schrie er. „Ich bin noch nicht fertig."
Langsam sank sie tatsächlich auf das Sitzpolster zurück.
„Ich muss sie enttäuschen. Ich bin leider nicht dumm genug, um auf ihre Lügen hereinzufallen. Das haben sie vielleicht gestern geglaubt, aber auch Menschen haben Verstand und die Fähigkeit zu denken. Wenn sie mir also nicht schwarz auf weiß beweisen können, dass das stimmt, was sie gesagt haben, werde ich nicht gehen."
„Wovon redest du?" Crysm hatte ihn bis jetzt nur fassungslos anstarren können. Seine Wut war bei Ashs Hereinkommen schlagartig verschwunden, wie immer, wenn er ihn sah. Jetzt blickte er von ihm zu seiner Mutter und wieder zurück. „Wovon redet er, Mom?"
Sie betrachtete den zierlichen Jungen noch immer, als sähe sie ihn zum ersten Mal. Seine Wut war beinahe greifbar. Nie hätte sie geglaubt, dass dieses kleine Persönchen tatsächlich den Mut haben würde, ihr die Stirn zu bieten.
„Mom!"
Chiara fasste sich ein Herz.
„Deine Mutter hat Ash gegenüber durchblicken lassen, was er alles aufgeben müsste, wenn er weiterhin mit dir zusammen sein will."
Crysm gab einen kehligen Laut von sich, der entfernt nach einem Lachen klang. „Das ist Unsinn, Sweet Heart. Du musst überhaupt nichts aufgeben. Da ich nie vorhatte, dich zu einem Werwolf zu machen, gilt diese Regel gar nicht für dich. Einzig und allein dein Schweigen ist wichtig."
Ein winziges Lächeln huschte über Ashs angespanntes Gesicht. „Wusste ich es doch. Irgendetwas hat gefehlt."
Er sah Monika wieder an. „Warum wollen sie mich unbedingt loswerden? Ihr Sohn ist glücklich, zählt das überhaupt nicht? Ich liebe ihn. Mehr als irgendjemanden sonst. Er bedeutet mir so viel, das es schon wehtut, wenn er nicht in meiner Nähe ist. Ich kann in seiner Gegenwart so sein, wie ich wirklich bin. Vom ersten Moment an gab es zwischen uns eine Vertrautheit, die ich nicht einmal von meinen Eltern kenne. Ich gebe ihn nicht auf. Mein Herz interessiert sich nicht dafür, wer oder was er ist."
Monika nickte langsam. Seine Worte hatten sie sehr nachdenklich gemacht. „Du hast Mut, Kleiner. Das muss ich wirklich zugeben. Crysm ist siebzehn, so gut wie erwachsen." Sie betrachtete ihren

Sohn sehr lange. „Glaubst du immer noch, dass er dieses Risiko wert ist?"

„Jetzt mehr als zuvor."

Resigniert hob sie die Schultern. Ashs Auftauchen hatte sie kalt erwischt. Sie hatte sich nicht darauf vorbereiten können, so dass sie es nicht schaffte, ihre Gefühle zum Wohle der Familie zu bekämpfen. Als Mutter wollte sie nur, dass ihr Sohn glücklich und zufrieden war. Und wenn dieser kleine Mensch ihm dazu verhalf, wie konnte sie sich da weigern?

Sie fing den Blick ihres Mannes auf. Er schien ihre innere Zerrissenheit deutlich zu spüren.

„Also gut Crysm", kam Malek seiner Frau zu Hilfe. „Du trägst die Verantwortung. Ich werde mir alles vier Wochen über ansehen. Nur ein winziger Zweifel und ich beende es." Er wandte sich an Ash. „Ich persönlich bringe dich zum Schweigen, sollte ich auch nur die geringste Ahnung haben, dass du redest." Sein Lächeln war mörderisch. „Kurz und schmerzlos, versprochen."

Ash blinzelte mehrmals. Die Angst war zurück, hatte wie eine riesige Welle seine Wut verschluckt und die Worte von Crysms Vater jagten ihm eiskalte Schauer über den Rücken.

Crysm zog ihn stürmisch in seine Arme. „Ich liebe dich, kleiner Krieger", flüsterte er ihm ins Ohr.

Ash klammerte sich an ihm fest.

Sobald dieses verdammte Zittern aufhören würde, könnte er sich vielleicht auch über ihren Sieg freuen.

Kapitel 9

Ash saß mit angezogenen Beinen auf Crysms Bett, während dieser durch seine CD-Sammlung wühlte, um passende Musik zu finden. „Warum haben sie überhaupt nicht gegen deine Eltern protestiert?" Crysm sah nur kurz auf. „Dad hat doch deutlich gesagt, dass wir das allein regeln werden." Er schob eine CD in die Anlage und kam dann zu Ash aufs Bett. „Hey, Sweet Heart." Langsam wanderten seine Hände unter Ashs Shirt und strichen über seinen flachen Bauch. „Du hast sie mit deinem plötzlichen Auftauchen alle aus dem Konzept gebracht. Die meisten meiner Verwandten halten Menschen für schwach und glauben, man kann sie leicht einschüchtern. Du warst das genaue Gegenteil. Deshalb die Chance." Er küsste ihn auf dem Hals, dicht an die Stelle, wo er ihm vor gar nicht so langer Zeit den Knutschfleck verpasst hatte. „Freue dich doch drüber. Du hast selbst mich überrascht. Ehrlich. Dein Kampfgeist kann sich mit dem einiger Familienmitglieder problemlos messen."

Langsam entspannte sich Ash, schmiegte sich dichter an Crysm heran. „Verlang das nicht allzu schnell wieder von mir. Ich muss völlig verrückt gewesen sein."

„Vielleicht auch nur verliebt?" Crysm drehte ihn zu sich herum.

„Glaubst du das?" Ash sah ihn herausfordernd an. „Vielleicht bin ich ja gar nicht wegen dir zurückgekommen. Einige deiner Verwandten könnten mir schon gefallen."

Crysms Augenbrauen schossen in die Höhe. „Du machst Witze!?"

Lachend ließ sich Ash auf die Decke fallen. „Finde es doch heraus."

Knurrend griff Crysm nach seinen Handgelenken, schob seine Arme über den Kopf und hielt sie da fest. „Du spielst mit dem Feuer, Sweet Heart. Ich bin sehr, sehr eifersüchtig."

Ash senkte seine Lider und funkelte ihn mit halb geschlossenen Augen an. „Könnte doch sein, dass es mir in deinem Feuer gefällt." Er wand sich und rutschte so lange, bis er ganz unter Crysm lag. „Zeig mir, dass es sich nicht lohnt, jemand anderen auch nur anzusehen."

Crysm beugte sich weiter herunter, hielt aber dicht vor Ashs Gesicht inne. „So fordernd heute? So kenne ich dich gar nicht."

„Du bringst Seiten in mir zum Schwingen, die ich selber kaum kenne. Außerdem scheine ich jedes Mal, wenn ich mit deinen Eltern aneinandergerate, ganz heiß auf dich zu werden. Keine Ahnung wieso. Scheinbar lässt sich diese dann auftretende Anspannung am besten mit Sex lösen. Ist es falsch, wenn ich das genießen möchte?"

Crysm küsste ihn, lockerte seinen Griff um Ashs Handgelenke und strich mit den Fingerspitzen seine Arme entlang, über die Rippen und wieder den Bauch. „Vielleicht willst du dir meiner Liebe einfach sicher sein. Und meinem Schutz all der Raubtiere gegenüber."

Die störenden Klamotten hatte er schnell beseitigt, knabberte an Ashs

Ohrläppchen, während er eine Hand zwischen Ashs Beine schob. Dieser stöhnte vor Lust laut auf, drückte sich enger an ihn und zog mit seinen Fingernägel rote Striemen über Crysms Rücken. „Kann sein", keuchte er. „Oder ich genieße einfach diese Wildheit, die ihr ausstrahlt."

Crysms Finger drangen in ihn ein, bereiteten ihn vor. Ash wimmerte und bäumte sich auf, als sein Freund den empfindlichen Punkt in seinem Innersten fand und ihn dort aufreizend langsam stimulierte. „Crysm!" Seine Stimme war heiser. „Das ist Folter."

„Sag mir, dass du niemals auch nur an jemand anderen denken wirst", flüsterte er Ash ins Ohr.

Ash war viel zu sehr in seinen achterbahnfahrenden Empfindungen gefangen, um sofort zu antworten. Er warf den Kopf hin und her, versuchte Crysm auszuweichen, um wieder etwas zu Atem zu kommen.

Crysm schlang seine andere Hand um Ashs Taille und drehte sich auf den Rücken. Die Bewegung ließ Blitze vor Ashs Augen explodieren, während er nun auf ihm lag.

„Komm schon. Ich bin der Einzige für dich."

Ash biss sich auf die Lippen, um nicht laut zu schreien und nickte.

„Ich kann dich nicht hören." Wieder ließ Crysm in Ashs Körper Funken sprühen.

„Ja, ja, ja, ja. Alles, was du willst. Aber bitte ..." Ashs Stimme erstarb unter einer neuen Welle der Erregung.

Crysm zog seine Finger aus ihm heraus, umfasste seine Hüfte und hob ihn leicht an. Mit einer fließenden Bewegung drang er in ihn ein. Ash stützte sich mit den Händen auf Crysms Brust ab, setzte sich dann auf. Er passte sich Crysms Bewegungen an, lehnte sich zurück, ließ den Kopf in den Nacken fallen und fühlte nur noch. Alles andere wurde bedeutungslos. Crysms Hände, die über seinen Bauch streichelten, sein hartes Glied rieben, nahm er nur am Rande wahr.

Ihre Bewegungen wurden schneller, Ash krallte seine Finger in Crysms Schenkel, bevor er mit einem Schrei seinen Höhepunkt erreichte und seinen Samen über Crysms Oberkörper verteilte.

Crysm, der nur darauf gewartet hatte, fuhr hoch, griff in Ashs langes Haar und biss ihm in die rechte Brustwarze, bevor er ebenfalls mit einem tiefen Stöhnen zum Orgasmus kam.

Nachdem er endlich wieder einigermaßen zu Atem gekommen war, leckte er zärtlich mit der Zungenspitze über Ashs Brust. Er spürte Ashs Hände an seinem Nacken und zog sich langsam aus ihm heraus.

„Du bist irgendwann mein Tod. Dass, was wir hier treiben, kann nur in einem Herzinfarkt enden."

Crysm sah zu Ash auf, der ihn mit einem sichtlich zufriedenen Lächeln betrachtete. „Ein schöneres Ende könnte ich mir gar nicht vorstellen." Er küsste Crysm auf die schweißnasse Stirn.

Langsam entwand Crysm sich aus der Umarmung, holte ein Handtuch aus seinem Schrank und wischte sich damit Schweiß und Sperma vom Körper.

Ash rekelte sich wie eine große gesättigte Katze auf dem Bett. Crysm musste schwer schlucken, als er ihn so sah.

„Willst du Wurzeln schlagen?" Ash streckte ihm eine Hand entgegen, die Crysm so vorsichtig nahm, als wäre sie aus Glas.

„Hat dir schon mal jemand gesagt, wie schön du bist?", murmelte er, während er sich wieder dicht an ihn heran kuschelte. „Eigentlich muss ich träumen, du kannst nicht echt sein." Er zuckte heftig zusammen, als Ash ihn mit geröteten Wangen in den Arm zwickte.

„Au, was soll das?"

„Siehst du, du bist wach. Ich bin tatsächlich echt."

Lachend zog Crysm die Bettdecke über ihre abkühlenden Körper.

„Dann lass mich deine Nähe noch ein wenig genießen." Er vergrub sein Gesicht in Ashs Haar.

Ash zog Crysms Arme fester um seine Taille und nickte nur. Ein bisschen hier liegen bleiben konnte nicht schaden.

Das gleichmäßige Atmen seines Freundes ließ ihn schnell in den Schlaf hinüber treiben.

Polternd wurde die Zimmertür aufgestoßen. Sofort war Crysm hellwach. Er starrte seinen, mitten im Raum stehenden Cousin verärgert an. Nur langsam spürte er, wie Ash sich dichter an ihn herandrückte.

Klar, für ihn war es alltäglich, das seine Verwandten nicht nur in menschlicher Gestalt auftauchten, aber für Ash war es immer noch neu.

Erics braunes Fell war schmutzig. Blätter und Zweige hatten sich in seinem buschigen Schwanz verfangen. Er musste auf Ash einen gefährlicheren Eindruck machen, als Crysms Eltern das geschafft hatten.

„Sag mal, muss das sein? Hast du nicht gelernt, wenigstens anzuklopfen?"

Der Wolf gab japsende Laute von sich, die sich während der sekundenschnellen Verwandlung als ein amüsiertes Lachen enttarnten.

Crysm spürte Ashs heftiges Zittern.

„Ich wollte dich überraschen. Scheint ja prächtig geklappt zu haben." Erics hellbraune Augen musterten Ash. „Das Beste habe ich verpasst, wie?"

Crysm kam aus dem Bett, packte Eric am Arm und zog ihn zur Tür.

„Geh duschen und zieh dir was an. Aber mach, dass du hier raus kommst."

Eric entwand sich aus seinem Griff, drehte sich zu ihm um und presste seine Lippen auf Crysms Mund.

Als Crysm wütend zurückwich, lachte sein Cousin wieder. „Deine Begrüßung war auch schon mal besser."

„Raus hier!" Crysm schubste ihn über die Schwelle und knallte die Tür ins Schloss.

Ash saß mit ziemlich verwirrtem Gesichtsausdruck auf dem Bett. „Hey, Sweet Heart. Tut Mir leid. Mein Cousin ist ein ziemlich schräger Vogel." Crysm setzte sich neben ihn. „Eigentlich habe ich gehofft, dass er gar nicht auftaucht."

„Er ist dein Cousin?"

Crysm nickte.

Langsam fand Ashs Herz wieder zum normalen Rhythmus zurück. Diese Verwandlung direkt vor seinen Augen hatte ihn mehr geschockt als sein plötzliches Auftauchen.

Er sah Crysm nachdenklich an. „Versteh das bitte nicht falsch. Aber ich glaube, ich möchte lieber mit deiner gesamten Verwandtschaft ohne dich in einem Raum sein, als nur eine Minute mit ihm zu verbringen."

In Crysms Gesicht konnte er nicht lesen, was dieser dachte. Er konnte nur hoffen, das Crysm jetzt nicht allzu gekränkt war.

„Deine Instinkte funktionieren hervorragend, Ash. Ich würde dich mit Eric nicht eine Sekunde allein lassen."

„Du bist nicht böse?"

„Nein, warum denn? Eric ist nun mal gefährlich. Er hält von Menschen absolut nichts, außer, dass es ihm Vergnügen bereitet, sie zu töten. Du kannst sein Verhalten fast mit dem eines erschaffenen Werwolfs vergleichen."

Ash kniff die Augen irritiert zusammen. „Wie meinst du das?"

„Eure Geschichten, die ihr über Werwölfe erzählt, stammen alle von Begegnungen mit nicht Echten." Crysm seufzte leise. „Es gibt kaum einen Menschen, der es verkraftet, plötzlich ein Wesen der Nacht zu sein. Viele werden einfach verrückt, sind selbst für uns unkontrollierbar. Wenn sie nicht den Halt und die Hilfe von uns bekommen, drehen sie durch. Aus diesem Grund ist es jedem unserer Familie verboten, wahllos irgendeinen Menschen zum Werwolf zu machen. Das Risiko ist einfach zu groß."

Ashs Angst hatte sich in Neugier gewandelt.

„Erzähl mir mehr davon."

Crysm lachte leise, legte einen Arm um seine schmalen Schultern und streckte sich wieder auf dem Bett aus. „Also schön. Wir können die Gestalt verändern, wann immer wir wollen. Ein erschaffener Werwolf muss erst lernen dies zu schaffen, ohne dabei seine menschliche Seite zu verlieren."

„Aha."

„Ja, wenn er nicht lernt, diese neue Seite in sich zu kontrollieren wird's gefährlich. Wir tun es, weil wir es genießen, mit dem Wind um die Wette zu laufen, eins mit der Natur zu werden. Bei ihnen ist es ohne die richtige Anleitung der Drang zu töten, andere dafür bezahlen zu lassen, was sie selbst erlitten haben. Tja, wird dabei jemand angegriffen und nur verletzt, nicht getötet, schließt sich der Teufelskreis. Ein neuer Werwolf, das alte Problem." Ash richtete sich auf und stützte sich mit den Händen auf Crysms Brust ab. „Wenn du mich zu einem Werwolf machen würdest, würde das auch passieren?" Crysm strich ihm die zerzausten Haarsträhnen aus dem Gesicht. „Niemals! Dafür müsste ich dich danach einfach irgendwo aussetzen. Das könnte ich gar nicht, so verrückt, wie ich nach dir bin. Ich würde dir zeigen, wie du mit deinen neuen Fähigkeiten richtig umgehen müsstest. Du würdest lernen, die Verwandlung selbst zu bestimmen, dein zweites Ich, also die Wolfsinstinkte zu kontrollieren." Er küsste Ash auf die Nasenspitze. „Nur will ich gar nicht, dass du ein Werwolf wirst. Ich liebe dich so, wie du bist."

Ash kuschelte sich wieder dicht an ihn heran. „Warum ist dein Cousin dann so? Er ist doch auch wie du mit diesen Fähigkeiten geboren."

„Er genießt und liebt es. Vielleicht ist einfach zu viel Werwolf in ihm." Crysm streichelte sanft Ashs Rücken. „Halt einfach Abstand. Und ich werde ihm ins Gewissen reden, das er dich in Ruhe lassen soll."

Kapitel 10

Die gesamte nächste Woche rauschte so schnell an Ash und Crysm vorbei, das keiner von beiden irgendwelche Besonderheiten wahrnehmen konnten.

Das Mike immer noch auf Rache aus war und nur auf die passende Gelegenheit wartete, fiel ihnen ebenso wenig auf, wie Connys Rückzug. Je näher sich die beiden kamen, desto bedrückter wurde sie. Ihre Angst vor Crysm wuchs mit jedem Blick, den sie, wenn auch nur für Sekunden, hinter seine Fassade werfen konnte. Und da er sich nicht mehr allzu viel Mühe gab, sein zweites Ich zu verbergen, jetzt wo Ash darüber Bescheid wusste, geschah das häufig.

Morgens holte Crysm Ash zur Schule ab, die Nachmittage verbrachten sie bei Crysm zu Hause. Langsam schienen sogar die misstrauischsten Verwandten in seiner Gegenwart aufzutauen und Eric hielt sich, wenn auch zähneknirschend an das seinem Cousin gegebene Versprechen, Ash nicht zu nahe zu kommen.

Als sie freitags vor dem Schultor an Crysms Maschine standen, zögerte dieser sichtlich, aufzusteigen.

„Nun komm schon. Einmal kann ich auch zu Fuß nach Hause gehen. Dein Vater hat mich gestern doch sehr freundlich gefragt, ob ich heute einmal nicht zu euch kommen könnte."

„Sicher. Sie wollen mit mir reden. Allein!"

Ash kicherte vergnügt. „Und du erzählst mir später sowieso, was ihr besprochen habt. Wenn sie das nicht wissen, bitte schön. Sollen sie denken, was sie wollen."

„Ich lass dich aber ungern allein gehen. Ich traue dem Frieden einfach nicht."

„Was denn? Glaubst du, sie locken dich nach Hause, um mich an der nächsten Ecke abzufangen?"

„Nicht sie, Mike!"

„Würde es dich beruhigen, wenn ich die eine Station mit dem Bus fahre?"

Crysm atmete tief durch. Wahrscheinlich litt er wirklich nur unter Verfolgungswahn. „Okay. Versprich es mir."

Ash küsste ihn auf die Wange und machte sich dann auf den Weg zur Haltestelle, die direkt an der Straßenecke stand. Hinter sich hörte er Crysms Maschine aufheulen, drehte sich noch einmal um und sah ihm schmunzelnd nach. Manchmal war sein Freund wirklich übervorsichtig.

Der Fahrplan zeigte, dass der Bus bereits vor fünf Minuten abgefahren war und der nächste erst in zwanzig Minuten kommen würde.

Einen Moment zögerte Ash, dann wechselte er die Straßenseite und machte sich auf den Heimweg. Crysm konnte wirklich nicht verlangen, das er sich hier ewig die Beine in den Bauch stand.

Schon wenige Meter weiter beschlich ihn das Gefühl, beobachtet zu werden. Ash atmete tief durch, umklammerte den Riemen seines Rucksacks fester und straffte die Schultern. Sie würden ihm nichts tun. Schließlich hatten sie ihn die ganze Woche in Ruhe gelassen, ihm sogar bei wenigen Ausnahmen das Gefühl gegeben, nicht mehr ganz so unwillkommen zu sein.

Sein Blick jagte unauffällig durch die Vorgärten, an denen er vorbeiging. Außerdem war helllichter Tag. Sie wären wirklich dumm, wenn sie ihn jetzt auf offener Straße attackieren würden. *Großartig, Ash. Crysm lachst du aus, weil er sich Sorgen macht, und jetzt machst du dir selbst fast in die Hose vor Angst.*

Er bog in die nächste Straße ein. Weit musste er ja nicht mehr.

Ein Rascheln in den Blättern von einem der Straßenbäume ließ ihn so heftig zusammenzucken, als hätte er einen Schuss gehört. Der Taube, die kurz darauf davon flog, sah er wütend nach.

„Verdammt. Ash du machst dich lächerlich", schalt er sich leise.

„So schreckhaft, Schwuchtel?"

Ash konnte Mike nur sprachlos anstarren, als dieser mit einem breiten Grinsen zwischen der Hecke des nächsten Gartens auftauchte.

„So allein heute?"

„Keinen Schritt weiter. Ich schreie die ganze Straße zusammen."

Mike lachte trocken auf. „Versuch es doch." Provozierend trat er einen Schritt auf ihn zu.

Noch bevor Ash überhaupt den Mund aufmachen konnte, wurde er von hinten am Arm gepackt, herum gewirbelt und David rammte ihm sein Knie in den Magen.

Ash brach zusammen. Heftig versuchte er nach Luft zu schnappen, doch seine Lungen schienen sich für den Moment für einen Streik entschieden zu haben.

Mike zog seinen Kopf unsanft an den Haaren in den Nacken. Noch immer hatte er dieses boshafte Grinsen im Gesicht. „Du hast uns ziemlich lächerlich gemacht mit deiner Lüge darüber, dass du letzte Woche nichts gesehen hast. Glaubst du eigentlich, du kannst dir alles erlauben, jetzt wo du diesen arroganten Scheißkerl zum Freund hast?"

Endlich schaffte Ash einen mühsamen Atemzug. „Crysm bringt dich um, wenn er hiervon erfährt", krächzte er.

Mike beugte sich zu ihm herunter, kam so dicht an sein Ohr, das Ash seinen Atem an der Wange spürte. „Wenn wir hier fertig sind, wird es sehr lange dauern, bis du ihm sagen kannst, was passiert ist."

Ash ballte die Hände zu Fäusten. Warum konnten sie nicht endlich aufhören? Er hatte genug davon. Endgültig genug! Ein winziger

Hoffnungsschimmer stieg in ihm auf. Mike stand günstig. Wenn das seine einzige Chance war, würde er sie nutzen.

Er stieß mit einem Arm nach hinten und traf Mike mit dem Ellbogen zwischen die Beine. Augenblicklich löste sich der schmerzhafte Griff in seinem Haar und er kippte nach vorn.

Hastig rappelte er sich auf, ignorierte Mikes Stöhnen und stolperte auf die Straße nur um eine Sekunde später der Länge nach auf den Asphalt zu knallen.

Wie hatte er nur David vergessen können?

Mike stützte sich an einem der Bäume ab. „Noch ein Punkt mehr, für den du bezahlen wirst, Schwuchtel", zischte er zwischen zusammengepressten Zähnen.

Als sie sich beide auf ihn stürzten, konnte Ash sich nur noch zusammenrollen. Ihre Schläge und Tritte ließen Sterne vor seinen Augen tanzen.

Langsam stieg wirkliche Panik in ihm auf. Sie schienen tatsächlich darauf aus zu sein, ihn umzubringen. Seine Versuche zu schreien schlugen fehl, da sein Körper nicht genug Luft für diese Anstrengung aufbringen konnte.

Nur schemenhaft nahm er den dunklen Schatten wahr, der wie aus dem Nichts auftauchte und seine Peiniger in die Flucht schlug. Er hörte, wie sich die Schritte und das unverkennbare Geräusch von Krallen auf Asphalt schnell entfernten. „Crysm?" Endlich ließ sich sein Bewusstsein in die erlösende Ohnmacht ziehen und ihm wurde schwarz vor Augen.

Nur mit äußerster Anstrengung konnte Ash die schweren Lider wenigstens einen Spaltbreit heben. Er spürte jeden Knochen, jeden Muskel in seinem zerschlagenen Körper. Sein Kopf fühlte sich an, als wäre er aus Watte. Sein verschwommener Blick nahm die unscharfen Konturen eines Tischbeins direkt vor seinem Gesicht wahr, bevor er wieder das Bewusstsein verlor.

Als er das nächste Mal zu sich kam, hörte er als Erstes das Knacken und Knistern eines Kaminfeuers.

Stöhnend versuchte er sich zu bewegen, gab aber auf, da ihm augenblicklich der Schweiß ausbrach und sein Körper heftig protestierte.

Seine Zunge war angeschwollen und klebte regelrecht an seinem ausgetrockneten Gaumen fest. Doch selbst der Versuch, den Mund etwas zu öffnen, jagte Schmerzwellen durch seinen gesamten Körper.

Schritte näherten sich und Ash konnte nicht verhindern, dass er wieder heftig zitterte.

„Hey Kleiner." Etwas Kaltes schob sich zwischen seine Lippen und Ash schmeckte Wasser. Mühsam begann er zu schlucken, versuchte die Augen zu öffnen.

„Du siehst wirklich scheiße aus."

Beinahe hätte er bei diesen Worten gelacht. Wenn er so aussah, wie er sich fühlte, trafen diese Worte den Nagel auf den Kopf. Sein Blick wurde klarer und er konnte endlich erkennen, zu wem diese nicht völlig unbekannte Stimme gehörte. „Eric?!", krächzte er. Dieser lächelte ihn mit glitzernden Augen an. „Bist du noch fähig, ein wenig dein Gehirn zu benutzen?" Ash versuchte ein Nicken, konnte aber nicht sagen, ob es klappte. Doch Erics Lächeln wurde breiter. Scheinbar hatte er Erfolg gehabt. „Okay. Dann sperr deine Ohren auf. Du bist so gut wie tot. Ich mach keine Witze. Den Weg ins Krankenhaus hättest du gar nicht überlebt. Im Moment sorgt ein bisschen von meinem Blut dafür, dass du überhaupt noch atmest. Die scheinen dir tatsächlich jeden Knochen gebrochen zu haben."

Ash schloss die Augen. Erics Worte plätscherten wie Wasser an ihm vorbei. So gut wie tot? Wo war Crysm? Er wollte nach Hause. Er wollte das alles nicht hören.

Hilf mir Crysm! Wo bist du?

Wie in einer Endlosschleife wiederholten sich diese sechs Worte ständig.

Eric berührte seine Wange. Seine Hand war auf Ash heißem Gesicht kalt wie Eis.

„Mach die Augen auf."

Es schienen Stunden zu vergehen, bis Ash es endlich schaffte, Crysms Cousin wieder anzusehen.

„Du musst mir zuhören!" Er klang gereizt, doch seltsamerweise verspürte Ash zum ersten Mal in seiner Nähe keine Angst. Vielleicht war er gar nicht mehr fähig, überhaupt irgendetwas zu spüren.

„Du hast Glück. Ich bin großzügig. Wenn ich dich beiße, dich zum Werwolf mache, rette ich dir das Leben."

Ash schüttelte in Zeitlupe den Kopf. „Ich will nicht sterben", flüsterte er tonlos.

„Sag mal, verstehst du mich nicht? Du stirbst, wenn ich dich nicht beiße. Mein Blut reicht nicht, um dir zu helfen. Werwölfe sind unverwundbar. Deine Verletzungen werden schneller heilen, als du bis drei zählen kannst. Dazu muss ich dich beißen, damit sich der Virus auf dich übertragen kann."

Ash weigerte sich einfach, Eric zuzuhören.

„Crysm!", flüsterte er, bevor er sich von der angenehmen Schwärze davontragen ließ.

Wütend schleuderte Eric den Becher mit Wasser gegen die Wand. Dieses kleine Biest war verdammt stur. Scheinbar krepierte er lieber, als nach dem dargebotenen Rettungsring zu greifen.

Seine hellen Augen verengten sich. Das Gespräch mit Crysm hatte er noch sehr gut in Erinnerung. Seine Schwärmerei über Ash. Seine Drohung, er würde ihm das Fell büschelweise ausreißen, sollte er seinem Liebling zu nahe kommen.

Hatte er es sich wirklich so einfach vorgestellt? Crysm gehörte ihm. Glaubte er, das so plötzlich beenden zu können? Eric liebte es, dass sein Cousin ihm beinahe hörig war. In vielerlei Hinsicht konnte er seine wilden Triebe an anderen ausleben. Doch im Bett hatte ihm bisher nur Crysm tatsächlich standgehalten. An ihm, in ihm konnte er sich austoben, ohne damit rechnen zu müssen, dass er ihm auf halber Strecke einfach wegstarb. Manchmal erwischte er Crysm auch dabei, wie dieser es genoss. Meist dann, wenn er sich gerade wieder von einem seiner menschlichen Liebhaber getrennt hatte.

Eric betrachtete Ash mit kühlem Lächeln. Crysm würde daran zugrunde gehen. Wenn sein kleines Schätzchen erst einmal zu einer reißenden Bestie geworden war, wie so viele andere erschaffene Werwölfe, würde Crysm sich abwenden.

Dann gehörte er wieder ihm und wagte nicht, sich noch einmal gegen ihn zu stellen.

Leise lachend ließ sich Eric auf den Stuhl fallen und legte die Füße auf den Tisch. Es war so verdammt einfach gewesen. Die beiden Dummköpfe hatten ihm eine Menge Arbeit erspart und ihm sogar noch das Vergnügen einer unerwarteten Jagd beschert.

Eric ließ den Blick durch die kleine Hütte schweifen. Selbst sie passte wunderbar in seinen Plan. Weit abgelegen im Wald, wahrscheinlich nur vom Förster benutzt, wenn der sich hier aufhielt, konnte er sicher sein, dass sich hier niemand so schnell hin verirren würde.

Er musterte Ash wieder. „Ich hoffe doch, du bist wirklich so stark, wie Crysm glaubt und hältst noch ein paar Stunden durch. Ich will dich schließlich beißen, wenn du es mitbekommst."

Das Gespräch mit seiner Familie war anders verlaufen, als Crysm gedacht hatte.

Sie hatten tatsächlich alle zugestimmt, Ash eine Chance zu geben. Seine sonst so übervorsichtige Tante hatte sogar angedeutet, dass sie ihn in ihr Herz schließen könnte. Er wäre so anders, als wie sie Menschen sonst immer wahrgenommen hätte. Eine bessere Zusage könnte es gar nicht geben.

Crysm wählte noch einmal Ashs Telefonnummer. Wieder war nur seine Mutter dran. Nein, er wäre noch nicht zu Hause. – Wahrscheinlich bei Conny. – Ja, sie würde ihm Bescheid sagen, das er sich bei Crysm melden soll.

Nachdenklich beobachtete er durchs Fenster, wie das Tageslicht schwächer wurde.

Monika sah besorgt von dem Schachbrett auf, an dem sie mit Doreen saß, als Crysm tief seufzte.

„Vielleicht ist er wirklich noch zu Freunden gegangen."

„Er wollte gleich nach Hause." Crysm sah sie unruhig an. „Wenn er noch woanders hingegangen wäre, hätte er seinen Eltern was gesagt.

Das ist nicht seine Art." Nervös fuhr er sich mit beiden Händen durchs Haar. „Das gefällt mir nicht."

„Im Augenblick kannst du wenig machen. Warte einfach noch etwas ab. Wahrscheinlich ruft er gleich an und du stellst fest, dass du dir völlig unnötig Sorgen gemacht hast."

Zweifelnd stand Crysm auf und öffnete die Terrassentür. Der unangenehme Druck im Magen wollte einfach nicht weichen. Er konnte die unsichtbare Gefahr beinahe greifen, er konnte sie nur nicht zuordnen.

Eric schüttete eine Kanne Wasser über Ashs Gesicht, damit er wieder zu sich kam. Hustend riss er die Augen auf, krümmte sich jedoch gleich darauf wimmernd zusammen.

„Eigentlich müsstest du dich doch glücklich schätzen. Nicht jeder bekommt eine zweite Chance."

Trotz der kaum zu ertragenden Schmerzen sah Ash ihn wütend an.

„Fass mich nicht an." Er versuchte von Eric wegzukommen, doch seine tauben Glieder rührten sich nicht einen Millimeter.

Amüsiert über die kläglichen Versuche, ihn abzuwimmeln, kicherte Eric vor sich hin. „Es macht Spaß. Ich wusste gar nicht, dass man sich so gut mir dir vergnügen kann."

Ash schloss die Augen. Warum konnte sein Herz jetzt, in diesem Moment, nicht einfach stehen bleiben. Gut, er würde Crysm nie wiedersehen. Aber besser so, als ihm später als mordgierendes Monster gegenüberzustehen.

Das leise Knurren ließ Ash den Atem anhalten. Nur Sekunden später spürte er scharfe Zähne, die sich in seine Schulter gruben.

Zu schwach, um auch nur den kleinen Finger zu bewegen, riss Ash die Augen auf.

„Crrrryyysssssmmm!!!"

Kapitel 11

Der Kampf seines Körpers mit dem fremdartigen Gift in seinen Adern schien endlos zu sein.

Ash wusste, dass es zwecklos war, sich zu wehren, warum konnte sein Körper das nicht auch einsehen. Von heftigen Krämpfen geschüttelt übergab es sich geräuschvoll. Sollte Eric sich jetzt ekeln, auch gut, vielleicht wischte das endlich diese Gleichgültigkeit aus seinem Gesicht, mit der er ihn schon seit Stunden beobachtete.

„Wenn du nicht in so einem erbärmlichen Zustand gewesen wärst, wäre es einfacher."

Ash sah ihn mit all dem Hass, den er für dieses Untier fühlte, wütend an.

„Verreck an deiner Zufriedenheit", zischte er.

Eric kippte lachend den Stuhl nach hinten und lehnte sich mit dem Rücken an die Wand. „Du bist wirklich zäh, Kleiner. Warum lässt du die Veränderungen nicht auf dich wirken? Durch deine Adern fließt eine solche Kraft, dass du dich geschmeichelt fühlen solltest, sie zu besitzen."

In Ash brodelte es. Er spürte die in etwa gleiche Wut, wie vor einer Woche, als ihm klar geworden war, das Crysms Mutter ihn belogen hatte, nur schien sie jetzt um ein Vielfaches stärker.

Er sprang auf und schoss auf Eric zu. Gleich darauf flog er durch die Luft und donnerte gegen den Kamin, bevor er keuchend auf den Boden krachte.

Benommen schüttelte er den Kopf. Das war unheimlich. Wo war diese Kraft in ihm hergekommen?

Ash strich sich das Haar aus dem Gesicht und blickte zögernd zu Eric hinüber.

Dieser grinste vergnügt. „Überrascht? Die Wirkung lässt nicht lange auf sich warten." Sein Lächeln verschwand schlagartig. „Greif mich nie wieder an, oder ich breche dir das Genick."

Ash fletschte die Zähne, rührte sich aber nicht.

Etwas Dunkles, Bedrohliches huschte durch seine Gedanken, versuchte die Oberhand zu gewinnen.

Ashs Augen flackerten wie im Fieber.

Es gefiel ihm ganz und gar nicht. Er wollte sich nicht zum Sklaven seiner dunklen Seite machen lassen.

Sein Blick noch immer auf Eric geheftet, kämpfte er dagegen an. Schweißperlen traten auf seine Stirn.

Jeder schien zu glauben, ihn mit Füßen treten zu dürfen, wann immer es ihnen passte. Er hatte längst genug davon. Dass Eric es wagte, sich ebenfalls dieses Recht herauszunehmen zu dürfen, ließ ihn beinahe schreien vor Zorn.

Diese Genugtuung würde er ihm nicht geben. Er gab nicht klein bei. Niemals! Er hatte ihn zu einem Werwolf gemacht, daran konnte Ash nichts mehr ändern. Aber er würde ihn nicht zu einer Schachfigur in seinem Spiel machen, was immer er auch vorhatte.

Crysm hatte gesagt, dass es lenkbar war, das man es beherrschen konnte.

Ash spürte, wie er seine Wut langsam wieder unterdrücken konnte. Er schenkte Eric ein zuckersüßes Lächeln. „Du kriegst mich nicht klein, Dreckskerl." Erics Augen verengten sich. Er schien tatsächlich überrascht. Als er aufsprang und polternd die Hütte verließ, brach Ash in wildes Gelächter aus, was in seinen Ohren ziemlich hysterisch klang.

Vielleicht hatte er ja doch irgendwo zwischen Crysms erster Wandlung in seiner Gegenwart und Erics Angriff den Verstand verloren.

Crysm griff wieder zum Telefon. Wie oft hatte er es schon versucht? Nach dem zehnten Mal hatte er aufgehört zu zählen.

Malek nahm ihm den Hörer aus der Hand. „Es ist fast Mitternacht. Hör auf."

Kurz wollte er protestieren, doch der warnende Ausdruck in den Augen seines Vaters ließ ihn schweigen.

Einem plötzlichen Impuls folgend griff er nach einer der teuren Vasen seiner Mutter und schleuderte sie gegen die Wand, wo sie laut zu einem irreparablen Scherbenpuzzle zersprang.

„Auf wen bist du so wütend?" Chiaras leise Stimme zerrte an seinen Nerven, so wie mittlerweile jedes an ihn gerichtete Wort seinen Zorn anstachelte.

„Ich hätte ihn nicht allein lassen sollen. Verdammt! Wieso musstet ihr mich unbedingt allein sprechen?" Die letzten Worte schrie er so laut, dass einige seiner Verwandten zusammenzuckten.

Eric betrat durch die Terrassentür das Wohnzimmer. Sofort heftete sich Crysms tobender Blick auf seinen Cousin.

„Wo warst du?"

Überrascht sah er Crysm an.

„Draußen. Spazieren."

Etwas stimmte nicht. Crysm konnte es beinahe greifen. Seine Augen verengten sich, bevor er auf Eric zuschoss.

Noch im Lauf verwandelte er sich, überwand die letzten Meter mit einem Sprung und stürzte durch die Glastür nach draußen, da Eric sich mit einem hastigen Satz zur Seite aus der Angriffslinie gebracht hatte.

Sofort schlug in ihm wieder der Zorn hoch, den er erst vor wenigen Minuten unter Kontrolle gebracht hatte und er folgte Crysm nach draußen.

Zähnefletschend und mit gesträubtem Fell standen sich die beiden Wölfe gegenüber. Malek packte Crysm am Nacken und Ricardo drängte seinen Sohn zurück.

Endlich konnte Malek einen einigermaßen sicheren Griff ansetzen und zog Crysm unsanft hinter sich her ins Haus.
Der rötlich-braune Wolf trat und biss um sich, hatte aber gegen seinen Vater keine Chance.
Erst in seinem Arbeitszimmer ließ Malek in los. Sofort warf sich Crysm gegen die geschlossene Tür. Er war außer sich. Eric wusste wo Ash war. Er hatte den unverwechselbaren Duft seines Geliebten an ihm wittern können.

Das wiederholte Donnern gegen das Holz ließ Monika wieder und wieder zusammenzucken.
Ihr Blick versuchte sich in Erics Augen festzusetzen, doch er wich ihr geschickt aus.
„Wenn du etwas mit Ashs Verschwinden zu tun hast, sag es."
Eric, bereits wieder zurückgewandelt, zuckte nur hochmütig mit den Schultern. „Woher soll ich wissen, wo Crysms kleiner Liebling ist?"
Er ahnte, warum Crysm so ausgerastet war. Verdammt, er war unachtsam gewesen. Dieses kleine Biest hatte ihn scheinbar mehr aus dem Konzept gebracht, als er für möglich gehalten hatte.
„Ich zieh mich zurück. Ruft mich, wenn der sich wieder beruhigt hat."
Chiara sah ihm nachdenklich hinterher. „Das gefällt mir nicht." Ein Blick zu den anderen zeigte ihr, dass sie nicht die Einzige war, die Erics Worten nicht glaubte.

Erschöpft lehnte Ash sich an die Wand. Diese Hütte war ein Gefängnis. Die Tür mit einem stabilen Schloss von außen gesichert, die beiden kleinen Fenster von innen vergittert.
Ash glaubte nicht daran, dass Eric diese Hütte so vorgefunden hatte. Deshalb hatten sie ihn so selten gesehen. Er hatte das alles sorgfältig geplant und Mike und David hatten ihm wahrscheinlich auch noch unbeabsichtigt dabei geholfen.
Seine Augen brannten wie Feuer, da er jedoch die halbe Nacht geheult hatte, waren im Moment keine Tränen mehr übrig, die er noch vergießen konnte.
Wut war von Verzweiflung abgelöst worden, dann kam Schmerz, Angst, Trauer, wieder unbändiger Hass und jetzt? Jetzt fühlte er gar nichts mehr.
Er konnte im Augenblick nicht einmal sagen, was er tun würde, wenn Eric zurückkam.
Langsam schloss er die Augen, ließ zu, dass die Müdigkeit von ihm Besitz ergriff. Vielleicht war es wirklich besser, wenn er für einige Zeit aufhörte zu kämpfen. Er würde seine Kraft mit Sicherheit noch brauchen.

Pfeifend betrat Eric das Esszimmer. Er beachtete niemanden, während er sich betont lässig an den Frühstückstisch setzte, ein frisches Brötchen auf seinen Teller holte und mit dem Messer in zwei Hälften teilte.

Crysms Blick schien beinahe Löcher in seinen Körper zu bohren, doch Eric ignorierte ihn mit eisernem Willen.

„Wo ist Ash?"

Sehr langsam legte Eric das Messer auf den Teller, hob beinahe wie in Zeitlupe den Kopf und sah Crysm kühl an. „Wenn du dein kleines Täubchen nicht im Auge behalten kannst, ist das nicht mein Problem, Cousin. Ich bin kein Babysitter."

„Was hast du mit ihm gemacht?"

„Sag mal hörst du mir nicht zu? Ich ..."

„Ich bin nicht taub!", brüllte Crysm. Nur mühsam rang er um Beherrschung seiner angespannten Nerven. „Aber ich weiß, dass du lügst. Ich konnte ihn riechen gestern. Er war in deiner Nähe. Du musst ihn sogar angefasst haben. Ich hab dich gewarnt. Du solltest dich von ihm fernhalten."

Eric hielt seinem Blick stand, obwohl er wirklich einige Schwierigkeiten hatte, ruhig zu bleiben. Wie hatte er bloß vergessen können, wie perfekt Crysms Geruchsinn ausgeprägt war. Ash würde für einiges bezahlen müssen.

„Du scheinst wirklich durcheinander zu sein. Ich habe mich an unsere Vereinbarung gehalten. Was sollte ich auch von diesem unbedeutendem Nichts wollen?"

„Eifersucht!", zischte Crysm. „Es passt dir nicht, dass dir jemand den Rang abgelaufen hat. Dass du die Kontrolle über mich verloren hast."

„Mach dich nicht lächerlich." Eric lehnte sich mit einem boshaften Lächeln näher zu ihm. „Glaubst du allen Ernstes, ich würde in irgendeinem Menschen eine Konkurrenz sehen. Früher oder später wirst du ihn satthaben und kommst zurück gekrochen."

Crysm stieß seinen Stuhl zurück und rauschte aus dem Zimmer.

Früher als du denkst. Wenn du nichts mehr von der so geliebten Sanftheit deines Täubchens in ihm erkennen wirst.

Das gefährliche Glitzern in Erics Augen entging niemandem am Tisch.

Sie wussten sehr gut, was sich zwischen den beiden Cousins in den vergangenen Jahren abgespielt hatte. Doch sie waren nie eingeschritten. Es ging nur die Zwei etwas an. Und solange sich keiner beklagte, gab es keinen Handlungsbedarf, so wenig es auch manchem Gefallen hatte.

Kapitel 12

Ash sprang auf und wich in die hinterste Ecke der Hütte zurück, als er hörte, wie das Schloss geöffnet wurde.

Der Schlaf hatte ihm keinerlei Erholung gebracht. Er war noch immer erschöpft, schwach. Zu allem Übel hatte er entsetzlichen Durst, der durch die stickige Luft in dem engen Raum noch verstärkt worden war. Wegen der Gitter hatte Ash die Fenster nicht öffnen können, und da er in einem Anfall von blinder Raserei sowohl den Tisch als auch den Stuhl zu Kleinholz verarbeitet hatte, gab es nicht einmal etwas, womit er die Scheiben hätte einschlagen können.

Eric zog die Tür hinter sich zu, ohne ihn zu beachten. Er musterte das Chaos und lachte leise auf.

„Du bist gründlich, Ash."

„Wage es nicht, meinen Namen in den Mund zu nehmen, Bestie."

Eric warf ihm die mitgebrachte Tüte zu, die Ash beinahe ins Gesicht traf.

„Ein bisschen Brot und Wasser. Eigentlich müsste ich dich hungern lassen, so undankbar, wie du bist."

„Von mir wirst du keinen Dank hören. Niemals!"

Bevor Ash den Knoten aus den Griffen der Plastiktüte lösen konnte, wurde er von Eric gepackt und zu Boden geworfen.

Er versuchte, wieder auf die Beine zu kommen, doch Eric hielt ihn mit seinem Gewicht fest.

„Es reicht! Ich hab genug von deiner scharfen Zunge. Du bringst mir viel zu viel Ärger."

Ashs blaue Augen sprühten Funken. „Das ist nicht mein Problem, das du keinen Spaß mehr hast. Was immer du geplant hast, ich werde nicht mitmachen."

Eric packte seine Handgelenke mit solcher Kraft, das Ashs Knochen knackten.

„Weißt du, eigentlich wollte ich nur Crysm ein wenig quälen. Dafür, dass er glaubt, mich einfach aus seinem Leben hinaus schubsen zu können. Ich mache aus seinem Liebling einen Killer. Was für ein Spaß."

Erics Stimme war gefährlich leise, das Ash eisige Schauer über den Rücken liefen. Mit jeder Faser seines Körpers nahm er wahr, wie gefährlich dieser Werwolf war. Und wie reizbar er gerade jetzt zu sein schien.

„Ich hab dich falsch eingeschätzt. Du bist nicht das kleine Schmusekätzchen, für das ich dich gehalten habe." Erics helle Augen glühten regelrecht. „Diesen Fehler mache ich kein zweites Mal. Was glaubst du, wie viel Vergnügen es machen wird, erst deinen Willen zu brechen und dich danach Crysm vor die Füße zu werfen."

Ash versuchte verbissen, sich zu befreien, doch Eric rührte sich keinen Millimeter.

„Er wird aus eigener Erfahrung wissen, was passiert ist. Und selbst wenn er sich nicht angeekelt von dir abwendet, sobald er den Werwolf in dir sieht, so wird er dich nie wieder anfassen."

Ash erstarrte. Seine Augen weiteten sich. Das konnte er nicht ernst meinen. Nicht das!

Eric senkte den Kopf und presste Ash unsanft seinen Mund auf die Lippen.

In Ash stieg Übelkeit auf und er drehte ruckartig den Kopf zur Seite. Erics Griff um seine Handgelenke verstärkte sich. „So kratzig, Schmusekätzchen?" Er drängte ein Knie zwischen Ashs Beine. „Du ahnst gar nicht, wie ich das genieße. Du scheinst mich tatsächlich noch für den Ärger der letzten Stunden entschädigen zu können."

Ash spuckte ihm mitten ins Gesicht. Doch Eric war schnell, zu schnell für seine neuen, ungeübten Sinne. Die Ohrfeige dröhnte noch sekundenlang durch Ashs Kopf, als Eric längst wieder seine Hände auf dem Boden festhielt.

„Du kannst es dir aussuchen. Entweder du ergibst dich freiwillig oder ich zeige dir in allen Einzelheiten, wie weit ich dir wirklich überlegen bin."

Ash hielt seinem Blick kochend vor Hass stand. „Freiwillig wirst du mich nie bekommen", zischte er.

Erics triumphierendes Grinsen verpasste seiner Wut einen kräftigen Dämpfer. Mit Schrecken musste Ash sich eingestehen, dass der Mistkerl diese Antwort hatte hören wollen.

Panisch sammelte er seine letzten Kräfte und wehrte sich.

Als Eric tatsächlich seinen Griff lockerte, wich Ash so schnell er konnte vor ihm zurück. Doch ein weiterer Blick in die hellen Augen zeigte, dass Eric die Situation hundertprozentig kontrollierte.

Die Schnelligkeit, mit der er sich bewegte, zeigte deutlich das Raubtier, den Jäger, der jahrelange Erfahrung darin hatte, seine Beute zu stellen.

Ash schnappte heftig nach Luft, als Eric ihn wieder unter sich begrub. Er schlug mit den Händen nach ihm, doch dieser schien die Treffer überhaupt nicht zu spüren.

Ashs Shirt wurde zerrissen. Er erstickte fast an seinem Ekel, als er die fremden Finger auf seiner nackten Brust spürte.

„Lass mich los! Du widerliches Scheusal! Nein!"

Ashs panische Stimme kippte. Er begann zu schreien, als Eric seine Jeans zerriss. Der nächste Schlag ins Gesicht brachte ihn kurz zum Schweigen. Ash schmeckte Blut. Verzweifelt trat er nach seinem Peiniger, erwischte ihn an der Schulter und drehte sich zur Tür, als Eric um sein Gleichgewicht kämpfte.

Das kehlige Lachen ließ ihm das Blut in den Adern gefrieren.

„Du bist wirklich niedlich, Ash." Betont langsam zog Eric sich aus. Er genoss diese heftige Gegenwehr jedes Mal auf neue. Sie war so lächerlich, so sinnlos. Aber genau das erregte ihn. „Deine Angst riecht fantastisch." Er blieb hinter Ash stehen, griff nach seinem langen blonden Haar und wickelte sich die Strähnen um die Finger, bevor er ihn zu sich hoch auf die Knie zog.

„Mal sehen, wie gut dein Freund dich eingeritten hat." Ash krallte seine Finger in Erics Waden und spürte, wie die Haut unter dem Druck seiner Nägel aufriss.

Mit einem wütenden Fauchen stieß Eric seinen Kopf nach unten und er prellte sich schmerzhaft die Stirn auf dem Holzboden.

„Wie oft werde ich dich wohl besteigen müssen, bis du aufgibst?" Ash kämpfte gegen die Benommenheit an, die ihn erfasst hatte. „Du wirst mich töten müssen, Bestie. Von dir lasse ich mich nicht beherrschen."

Eric ließ sein Haar los und packte ihn an der schmalen Hüfte.

„Bist du dir sicher?", flüsterte er, bevor er sein Glied tief in ihn hineinstieß.

Ash schrie grell auf. Er schien ihn zu zerreißen. Jede von Erics Bewegungen überschwemmte ihn mit unerträglichen Schmerzen. Tränen verschleierten seinen Blick, liefen über seine Wangen, während die harten Stöße seinen schlanken Körper erzittern ließen.

Eric zog sich aus ihm zurück, gab Ash einen Schubs, sodass er zur Seite fiel. Noch bevor er richtig registrieren konnte, was Eric tat, war dieser wieder über ihm, drehte ihn auf den Rücken und drang ein weiteres Mal in sein aufgerissenes Fleisch.

Wimmernd kniff Ash die Augen zusammen. Er konnte es nicht ertragen, seinen Peiniger auch noch anzusehen. Erics Bewegungen waren langsamer als zuvor. Diesmal ließ er seinen Penis jedes Mal ganz herausgleiten, bevor er sich wieder in ihn versenkte. Es war beinahe tröstlich, als Ashs Verstand entschied, dass es genug war und er die Besinnung verlor.

Wie oft Eric sich an ihm verging, konnte Ash nicht sagen. Er verlor im Laufe des Tages jedes Gefühl für Raum und Zeit. Es schien nichts auszumachen, ob er bewusstlos war oder nicht, ob er sich wehrte oder es widerstandslos über sich ergehen ließ.

Doch mit jedem weiteren Mal, wenn Eric ihn nahm, spürte Ash, wie wieder etwas in ihm zerbrach.

Irgendwann hörten seine Schreie auf, irgendwann erstarb sein Wimmern. Er beschimpfte Eric nicht mehr, oder bettelte, er möge aufhören.

Ash zog sich tief in sich selbst zurück, um nicht auch noch die Qualen seiner Seele ertragen zu müssen.

Regungslos lag er zusammengerollt auf dem Boden und beobachte Eric mit leerem Blick dabei, wie er sich ankleidete.

Eric ging vor Ash in die Hocke. „Du hast keine Ahnung, wie gefährlich du jetzt bist, hab ich recht?" Er strich ihm beinahe zärtlich das feuchte Haar aus dem Gesicht.

„Vielleicht sollte ich meine kleine Unterhaltung mit Crysm schon auf morgen vorziehen. Wäre doch höchst amüsant, ihn dabei zu beobachten, wie er versucht, den Killer in dir aufzuhalten."

Eric klatschte in die Hände und stand auf.

„Wir sehen uns morgen Abend, Schmusekätzchen. Dann dürfte deine dunkle Seite rasen vor Wut über diese Demütigung heute. Nur mich wirst du nicht wagen anzugreifen. Diesbezüglich wird deine Angst vor mir größer sein als dein Hass."

Lachend zog er die Tür hinter sich zu.

Monika fand ihren Sohn auf der dunklen Terrasse.

Der Tag war ein einziges Durcheinander gewesen. In dem kleinen Vorort war Panik ausgebrochen, nachdem feststand, das Ash nicht bei irgendwelchen Freunden die Zeit vergessen hatte, sondern spurlos verschwunden war. Ebenso unerklärlich war es, dass zwei weitere Schüler unauffindbar waren.

Chiara, die sich mit ihrem Freund ein wenig unauffällig umgehört hatte, war schließlich am späten Nachmittag mit sehr unerfreulichen Nachrichten zurückgekehrt. Man hatte die beiden anderen Jungen gefunden. Tod! Ihre Verletzungen zeugten von einem Raubtierangriff. Von irgendwem waren dann die Wolfssichtungen erwähnt worden und jetzt herrschte ein solches Chaos, das die Ersten sogar schon, beladen mit Waffen und Hunden, auf die Jagd gegangen waren.

Vorsichtig näherte sie sich Crysm. Er war den ganzen Tag so reizbar gewesen, dass sie nicht einschätzen konnte, wie er auf sie reagieren würde.

Mit geröteten Augen sah er sie an. Trotz der Dunkelheit konnte sie sehen, wie blass ihr Sohn war.

„Ich weiß, dass Eric etwas damit zu tun hat." Seine Stimme zitterte leicht. „Wenn einer es wagt, mich daran hindern zu wollen, ihm den Hals umzudrehen, bringe ich ihn gleich mit um."

Sie berührte Crysm an der Schulter. Als er ihre Hand nicht abschüttelte, zog sie ihn näher zu sich heran.

„Wenn er wirklich weiß, wo Ash ist, solltest du dich zurückhalten. Ohne seine Hilfe würden wir ihn wahrscheinlich nie finden."

Sie ahnten alle, das Crysm recht hatte. Nur die beiden kannten den Grund für Erics Verhalten. Und solange Crysm beharrlich schwieg, konnte sich niemand erklären, warum Eric etwas gegen Ash haben sollte.

Kapitel 13

Ashs verfeinerter Geruchssinn nahm Witterung auf. Vorsichtig richtete er sich auf, schnüffelte. Mit überraschender Schärfe konnte er seine Umgebung wahrnehmen. Er erhob sich mühsam, senkte den Kopf und musterte irritiert die kräftigen Pfoten, spürte die vollkommen fremden Bewegungen seines Körpers.

Unsicher tappte er einige Schritte vor, hörte seine eigenen Krallen über den Holzboden kratzen. Langsam jedoch drängte sich der Werwolf in ihm an die Oberfläche, übernahm die Führung. Ash selbst war nur allzu gern bereit, sich die Zügel aus der Hand nehmen zu lassen.

Der Wolf stieß vorsichtig mit der Schnauze gegen die Tür, die ohne Widerstand aufschwang. Eine neue Flut von Gerüchen hüllte ihn ein, ließ ihn auf der Schwelle bewegungslos verharren. Seine Ohren zuckten bei den vielen Geräuschen. Selbst das Rascheln einer Maus in einiger Entfernung war so klar zu hören, als liefe sie direkt über seine Pfoten.

Weit entfernt registrierte er das laute Brechen von Zweigen, mehrere Stimmen.

Sofort schlug der Jagdinstinkt zu. Beute!

Jegliche Gefühle und Emotionen der menschlichen Seite schaltete er aus. Jetzt war er dran.

Mit einem tiefen Knurren sprintete er über die Lichtung und tauchte in die schützende Dunkelheit des Waldes.

Die vier Männer fluchten verhalten, als ihnen endlich klar wurde, dass sie nicht weiterkamen. Der schmale Pfad schien sich im dichten Unterholz zu verlieren. Ihre Lampen konnten kaum zwei Meter um sie herum ausleuchten. Die Hunde irrten seit Stunden ohne Erfolg vor ihnen her.

Gerade als sie den Rückweg antreten wollten, hörten sie ein lang gezogenes Knurren.

Einer von ihnen riss sein Gewehr hoch und schoss blind vor sich zwischen die Bäume.

Die Hunde zerrten an den Leinen, machten aber nicht den Eindruck, als wollten sie irgendetwas verfolgen. Das erste Tier riss sich los und verschwand jaulend im Dunkeln.

Das anhaltende Knallen von Gewehrschüssen ließ jeden Bewohner des alten Herrenhauses aufwachen.

Malek öffnete die Terrassentür und lauschte angestrengt. Die Schüsse waren zu weit weg, um eine ernst zu nehmende Gefahr darzustellen, dennoch war er beunruhigt.

Ricardo trat neben ihn. „Es sind alle hier. Ich frag mich, auf was diese Idioten da ballern."

Malek seufzte. „Ich hoffe nur, sie töten nicht noch irgendwelche unschuldig vorbei huschende Tiere. Diese ganze Jagd ist völlig sinnlos. Warum sehen sie das nicht ein?"

Crysm hatte mit knirschenden Zähnen das Wohnzimmer wieder verlassen, kaum dass er Eric gesehen hatte. Wäre er geblieben, hätte er für nichts garantieren können, außer dafür, dass Eric die Sonne mit Sicherheit nicht wieder hätte aufgehen sehen.
Er schob die Vorhänge in seinem Zimmer zur Seite und öffnete die Fenster. Sein ganzer Körper kribbelte. Er konnte nicht sagen, was genau los war, aber dieses Gefühl hielt ihn davon ab, seinen Platz zu verlassen.

Die unkontrollierte Wut, die in seinem Innersten brodelte, hatte sich kaum gelegt. Mit blutiger Schnauze betrachtete der Wolf mit kalten Augen die vier toten Körper. Es war so einfach gewesen.
Er wandte sich ab und trabte gemächlich den Pfad entlang. Ohne bestimmtes Ziel nahm er die Atmosphäre der wilden Natur um sich herum in sich auf. Er hörte, wie die Tiere der Nacht die Flucht ergriffen, sobald sie seine Anwesenheit wahrnahmen.
Als der Pfad breiter wurde und sich der Wald langsam lichtete, blieb er abrupt stehen.
Seine Nase schnuppernd in den leichten Wind haltend, spürte er, wie sich tief in ihm etwas regte. Nur sehr zögernd ließ er es zu, dass seine Instinkte von anderen Empfindungen überlagert wurden.

Ash spürte die feuchte Erde unter den Pfoten, die Kraft, die dieser, noch so fremde Körper ausstrahlte.
In einiger Entfernung konnte er ein großes imposantes Haus sehen. So vertraut.
Ash zögerte noch, die Pfoten wollten ihm noch nicht ganz so gehorchen und so stolperte er mehr vorwärts als das er lief.

Malek hatte Licht im Zimmer seines Sohnes gesehen und trat zögernd ein. Crysm saß am offenen Fenster auf der Fensterbank und starrte in den Garten.
„Warum versuchst du nicht, wenigstens ein klein wenig zu schlafen?"
Crysm schüttelte nur schweigend den Kopf. Plötzlich richtete er sich auf. „Mach das Licht aus."
Als Malek nicht sofort reagierte, drehte er sich hastig zu ihm um. „Schnell! Licht aus."
Sein Vater knipste den Schalter um und ging zu ihm.
„Dort drüben. Bei den beiden Tannen."
In dem Moment sah Malek ebenfalls den hellen Umriss, der sich sehr langsam aus der Dunkelheit der Bäume löste.

„Was ist das?" Er beugte sich vor, und kniff die Augen zusammen, um besser sehen zu können.

Crysm gab ein gequältes Keuchen von sich.

„Ash!"

Noch bevor Malek reagieren konnte, war er schon aus dem Zimmer gerannt. Sofort folgte er ihm nach unten.

Chiara und Doreen blickten überrascht auf, als Crysm an ihnen vorbei auf die Terrasse rannte.

Fragend sahen sie Malek an, kaum dass dieser ins Wohnzimmer kam.

„Ich hoffe, dass er unrecht hat", murmelte er, bevor er ebenfalls nach draußen ging.

„Wieso?"

Crysm lief so schnell er konnte. Da ihm das viel zu langsam vorkam, sprintete er wenig später in seiner Wolfsgestalt auf die taumelnde Gestalt zu.

Nur wenige Meter entfernt stoppte er.

Ein heftiges Beben durchlief seinen Körper, bevor er vorsichtig näher kam.

Blaue Augen fixierten ihn, ein leises Winseln ließ Crysm ein weiteres Mal zittern.

Das Entsetzen, das ihn gepackt hatte, machte es ihm schwer, sich zurück zu wandeln. Dann aber streckte er ganz langsam seine Hand aus, hielt jedoch inne, als der fast weiße Wolf zurückwich.

„Ash." Crysm konzentrierte sich auf die Augen. Alles andere, den Schmutz und das viele Blut auf dem hellen Fell, blendete er aus.

„Ash, kannst du mich hören?"

Wieder dieses klägliche Winseln, was ihm direkt ins Herz schnitt.

Er wagte es noch einmal, strich über die weichen Ohren. „Ich bringe dich ins Haus, ja?" Crysm versuchte, seine Arme unter Brust und Hinterteil des Wolfes zu schieben.

Mit gefletschten Zähnen griff Ash ihn an und er spürte einen beißenden Schmerz an seinem Arm.

Malek hatte sie endlich erreicht, doch den Angriff konnte er nicht von seinem Sohn abwenden.

„Crysm. Sei vorsichtig."

Dieser atmete mehrmals tief durch, bis der Schmerz langsam nachließ, die Zähne aus der Wunde verschwanden.

„Ich will dir nicht wehtun, Ash. Bitte. Der Weg zum Haus ist weit."

Erneut wagte er sich vor.

Wieder knurrte er drohend, als Crysm näher kam. Seufzend ließ dieser die Schultern hängen und sah seinen Vater verzweifelt an.

Malek löste seinen Gürtel, ohne Ash aus den Augen zu lassen.

„Rede mit ihm Crysm."

Ash spannte seine Muskeln an. Sein Blick jagte gehetzt zwischen ihnen hin und her.

Das Auftauchen der beiden Frauen ließ ihn weiter zurückweichen. „Ihr bleibt, wo ihr seid", herrschte Malek sie an und hörte, dass sie augenblicklich stehen blieben.

„Ash, es ist alles in Ordnung. Vertrau mir. Hey, du weißt, dass ich dich niemals belügen würde."

Malek nutzte den Moment, als Ash Crysm wieder ansah. Er warf sich auf ihn, drückte ihn auf den Boden und zog den Gürtel fest um seine Schnauze.

Ash warf den Kopf hin und her, riss mit seinen Krallen tiefe Furchen in den Boden, doch er war noch immer zu schwach, um Malek ernsthaft gefährlich werden zu können.

Malek hielt das Ende des Gürtels fest in der Hand, schob diese unter seine Brust, die andere unter sein Hinterteil und hob ihn hoch.

Ash versuchte verzweifelt zu entkommen, doch Crysm strich ihm besänftigend durch das Fell direkt hinter den Ohren.

„Es passiert dir nichts. Versprochen."

Der Rückweg schien ewig zu dauern. Chiara war vorgelaufen und hatte Monika ein weiteres Mal aus dem Bett geholt.

Crysm bestand darauf, Ash in sein Zimmer zu bringen. Dort setzte Malek in vorsichtig auf dem Boden ab.

Vollkommen entkräftet gaben Ashs Beine nach und er sackte in sich zusammen.

Als Crysm den Gürtel von seiner Schnauze lösen wollte, hielt Monika seine Hand fest. „Warte. Malek halt ihn fest."

„Was soll das?" Verärgert sah Crysm seine Mutter an. „Er hat Angst. Warum willst du das noch verstärken?"

„Wem, glaubst du, haben die Schüsse vorhin gegolten? Ich will wissen, ob er verletzt ist. Möglich, dass sie ihn getroffen haben."

Die nächste Stunde verbrachte sie damit, das helle Fell zu säubern. Ash rührte sich nicht, sein Blick war stumpf und leer.

Als Monika jedoch das Blut an seinen Hinterläufen abwischen wollte, stieß er ein tiefes Knurren aus und versuchte sie mit den Krallen seiner Pfoten zu verletzen.

Monika hatte bereits genug gesehen. Sie sah ihren Mann traurig an, dann wies sie Crysm die Tür. „Bitte geh nach draußen. Warte im Wohnzimmer."

„Auf keinen Fall! Du kannst mich nicht einfach rauswerfen. Ich lass ihn nicht allein!"

Doreen jedoch zog ihn unsanft auf die Füße.

„Spinnt ihr alle?" Seine Stimme wurde lauter. „Lass mich los, verdammt noch mal."

Chiara packte seinen anderen Arm und gemeinsam zerrten sie ihn aus dem Zimmer.

„Wenn du weiter so herumschreist, weckst du noch alle. Du kommst mit nach unten. Basta!"

Kaum hatte Doreen die Wohnzimmertür geschlossen, als er auch schon lostoben wollte.

Chiara schnitt ihm mit einer Handbewegung das Wort ab.

„Setz dich."

Irritiert durch ihren harten Blick ließ er sich aufs Sofa sinken.

Die beiden Frauen sahen sich kurz an, bevor Chiara seine Hände nahm.

„Ash ist vergewaltigt worden, Crysm. Deshalb hat er sich so heftig gewehrt."

Crysm sog rasselnd Luft in seine Lungen. Er schüttelte heftig den Kopf. „Du lügst." Er sah Chiara wütend an. „Sag, dass du lügst!"

Sie senkte den Kopf. „Das kann ich nicht."

„Nein." Crysm hatte das Gefühl, als würde ihm jemand das Herz aus der Brust reißen. „Nein, nein, nein!"

Vorsichtig zog Chiara ihn in ihre Arme. „Er wird halb wahnsinnig sein vor Schmerzen. Wahrscheinlich hat er deshalb die Jäger angegriffen. Es dauert, bis solche Verletzungen heilen, da er gerade erst zum Werwolf gewandelt wurde und er ist in keiner guten körperlichen Verfassung, was den Heilungsprozess noch verlangsamt. Wenn wirklich noch etwas von Ash da ist, dann wird er jetzt verdammt große Angst vor dir haben."

„Das ist Blödsinn", flüsterte Crysm tonlos. „Er braucht vor mir nie Angst zu haben."

„Wenn er damit rechnet, dass du ihn jetzt nicht mehr liebst, dann schon."

„Ich liebe nicht bloß seinen Körper oder den Sex, den wir haben. Ich liebe vor allem Ash selbst."

„Dann musst du ihm das zeigen, Crysm. Dann lass nicht zu, dass der Wolf in ihm weiterhin die Oberhand hat. Genau das ist nämlich passiert. Er hat sich ganz und gar dieser Kraft ergeben. Du weißt, was das heißen könnte."

Crysm nickte nur. Klar wusste er das.

Er lehnte seinen Kopf an Chiaras Schulter. „Ich bringe Eric um. Egal, was ihr auch sagt. Ich bringe ihn um."

Lautlos lösten sich die ersten Tränen von seinen Wimpern und rannen langsam über seine Wangen.

Kapitel 14

Es dauerte Stunden bis seine Eltern ihn endlich wieder ins Zimmer ließen.

Monika hielt Crysm an der Tür fest. „Ich bin mir nicht sicher, ob du Ash überhaupt erreichst. Im Augenblick herrscht der Wolf in ihm und er hat keinerlei Anstalten gemacht, das zu ändern. Sei bitte vorsichtig."

Crysm nickte nur, verriegelte hinter ihr die Tür und ließ sich langsam neben Ash auf dem Teppich nieder.

Er konnte die Erschöpfung in den blauen Augen sehen, doch nur eine kleine Bewegung seiner Hand in Ashs Richtung ließ den hellen Wolf knurren.

Die Bisswunde an Crysms Arm war längst verheilt. Wenn es sein musste, würde er auch einen weiteren Angriff hinnehmen.

„Du willst im Moment niemanden in deiner Nähe haben, richtig?" Nachdenklich strich er mit den Fingerspitzen über den weichen Teppich. Vielleicht ließ sich wenigstens das Tier in ihm beruhigen.

Problemlos wandelte Crysm sich. Als er sich diesmal näherte, fixierten ihn die blauen Augen, das Knurren blieb jedoch aus.

Vorsichtig rieb er seine Schnauze an dem dichten Fell hinter den Ohren, leckte mit der Zunge über Ashs Nase.

Er kroch näher heran, spürte Ashs warmen Körper an seinem, lauschte dem Schlagen von Ashs Herz.

Crysm hoffte so sehr, das Ashs Sanftheit nicht bedeutete, dass seine dunkle Seite genauso ausgeprägt war. In diesem Fall sah er für seinen Freund kaum eine Chance, den Wolf in ihm zu kontrollieren und Grenzen zu setzen.

Er legte seinen Kopf auf Ashs Schulter und schloss die Augen.

Ich werde dir helfen, Sweet Heart. Ich werde alles tun, um dir zu helfen.

Gut gelaunt betrat Eric das Esszimmer. Er hatte hervorragend geschlafen. Der Tag würde herrlich werden. Dafür brauchte er sich nur einen gewissen Blonden vorstellen, der vor ihm auf dem Boden lag und um Gnade bettelte. Vielleicht sollte er sich überlegen, die wiederauflebende Beziehung mit Crysm direkt vor Ash mit einer harten Nummer zu feiern. Und sein Cousin würde danach auch nicht mehr wagen, sich gegen ihn aufzulehnen. Damit zeigte er dann gleich beiden, wo ihre Plätze waren.

Nur allmählich nahm er die kühlen, abweisenden Blicke seiner Verwandten wahr.

„Ist irgendwas?"

„Setz dich Eric." Ricardo schaffte es nur mit äußerster Anstrengung, seine Stimme ruhig klingen zu lassen. „Und wisch dir das widerliche Grinsen aus dem Gesicht, sonst vergesse ich mich."

Eric sah seinen Vater aufmerksam an. Die Spannung im Raum war beinahe greifbar. Hier stimmte einiges nicht, das wurde ihm langsam klar.

„Wie habt ihr ihn gefunden?" Es hatte keinen Sinn mehr, zu leugnen, soviel stand fest. Jetzt musste er seine eigene Haut retten.

„Gar nicht. Er ist hierhergekommen."

„Das ist ..." Verdammt! In seiner Euphorie gestern hatte er scheinbar vergessen, die Tür zu verriegeln.

Er zog eine Augenbraue hoch und wagte sogar ein Lächeln, was einige im Raum an seinem Verstand zweifeln ließ.

„Crysm war bestimmt begeistert. Sein Gesicht hätte ich zu gerne gesehen."

Ricardo schlug mit der Faust auf den Tisch. „Bist du eigentlich komplett wahnsinnig?", brüllte er. „Ash hat heute Nacht Menschen getötet und ich musste mit Entsetzen feststellen, dass du dafür verantwortlich bist. Du verwandelst einen Menschen in einen Werwolf und lässt ihn dann laufen? Halb verrückt vor Schmerzen und ohne die leiseste Ahnung, wie er diesen Wolf kontrollieren soll. Hast du dir auch nur eine Sekunde lang Gedanken darüber gemacht, was er in diesem Zustand anrichten kann? Warum, Eric?"

Sein Sohn hielt dem Blick mit äußerer Gelassenheit stand. „Frag Crysm, warum. Er hätte mir nicht drohen sollen. Ebenso wenig hätte er glauben dürfen, das er mich so einfach ins Aus schießen kann."

Verständnislos schüttelte Ricardo den Kopf. „Wenn du ein Problem mit Crysm hast, warum vergreifst du dich dann an seinem Freund?"

„Ganz einfach. Was immer ich mit Crysm machen würde, es würde ihn nicht halb sosehr leiden lassen, wie jetzt. Und ich will, dass er leidet. Das er jede Sekunde daran erinnert wird, welchen Fehler er gemacht hat."

Sein Vater wandte sich entsetzt ab. Das war nicht sein Sohn. Auf keinen Fall konnte er eine solch gefühlskalte Kreatur gezeugt haben.

„Dein kleiner Verstand scheint unfähig zu sein, eine Zurückweisung akzeptieren zu können."

Die Worte waren leise gesprochen, ließen Eric jedoch sofort zur Tür blicken.

Crysm lehnte am Türrahmen und schien ihn mit seinen Blicken erdolchen zu wollen. „Ich hab mich dazu hinreißen lassen, auf deine perversen Fantasien einzugehen, deine widerlichen Spielchen mitzumachen. Du weißt genau, warum. Ich brauchte das, um mir selbst zu beweisen, dass ich noch lebe. Dass ich nicht schon so eingestaubt und engstirnig bin, wie so viele aus unserer Familie. Ein Fehler? Schon möglich. Aber es war mein Fehler. Ich habe daraus gelernt, ich kann damit umgehen, ich muss es nicht einmal bereuen. Aber das du deine abartigen Triebe auf die gleiche Weise an meinem Freund auslässt, das muss ich nicht hinnehmen."

Eric lachte, seine hellen Augen glitzerten gefährlich. „Es war so einfach und es hat riesigen Spaß gemacht. Dein Schmusekätzchen lässt sich gut reiten, wenn er erst einmal begriffen hat, wann er stillhalten muss."

Crysms Augen verengten sich zu funkelnden grünen Schlitzen. „Du bist zu weit gegangen, Eric. Wenn ich mit dir fertig bin, wirst du dir wünschen, das du Ash nicht einmal angesehen hättest."

„Eine Drohung, Crysm? Wie süß. Glaubst du wirklich, du kannst mir etwas anhaben? Lächerlich. Du bist ein genauso winselndes unbedeutendes Nichts wie Ash. Er ist so schwach und hilflos wie ein Kleinkind. Und du könntest mit deiner lachhaften Stärke nicht einmal verhindern, wenn ich ihn mir wieder vornehmen würde."

Crysm trat einen Schritt auf seinen Cousin zu. Er hatte genug. Dieses hämische Grinsen konnte und wollte er keine Sekunde länger ertragen.

Ash wurde nur langsam wach. Irgendetwas hatte ihn geweckt, aber er konnte nicht sofort sagen, was es war. Nur allmählich wurde ihm bewusst, dass er, eingehüllt in eine Decke, auf dem Boden lag. Irgendetwas lauerte in seinem Innern, wartete, mit ihm zu kommunizieren.

In der Nacht war er irgendwann, eingehüllt in Crysms Duft und Körperwärme, eingeschlafen. Sein Vertrauen in seinen Freund war noch immer groß, sodass sein Wolf sich schließlich zurückgezogen, seine Position als Aufpasser aufgegeben hatte.

Die Instinkte seiner Wolfsseite arbeiteten auf Hochtouren, hatten längst gewittert, wer sich noch in diesem Haus aufhielt.

Der Kontakt war schwierig und Ash konnte überhaupt nichts mit den verwirrenden Signalen anfangen, die ihm immer wieder durch den Kopf schossen.

Doch diese Signale schafften es, ihn aus seiner Isolation herauszureißen, seine angeborene Neugier zu wecken. Er wollte unbedingt wissen, was hier vor sich ging.

Der Wolf leitete ihn, führte ihn, zeigte ihm, was er wissen sollte.

Es erschreckte Ash, zum ersten Mal eine kurze Berührung mit einem Bewusstsein herzustellen, das nur auf der Ebene von Gefühlen und Anreizen arbeitete. Instinkte, die seine menschliche Seite schon vor Jahrhunderten verloren hatte, waren hier so scharf ausgeprägt, dass es ihm den Atem verschlug.

Vorsichtig setzte er sich auf. Schmerzen jagten durch seinen Körper, holten die Erinnerung an die vergangenen Stunden zurück.

Da war sie wieder, diese Kraft, die ihn daran hinderte, in Tränen auszubrechen, sich verängstigt zu verkriechen.

Langsam stand er auf, ließ sich von dieser Kraft leiten.

Eric war hier. Und er würde ihm zeigen, dass er ihn nicht gebrochen hatte. Er hatte sich den Falschen für seine Rache an Crysm ausgesucht.

Malek hielt seinen Sohn zurück. „Mach keinen Fehler, Crysm. Er ist es nicht wert."

„Fehler? Es war idiotisch von mir zu glauben, dass man mit diesem Scheusal reden kann. Ich hätte gleich verlangen sollen, dass er verschwindet."

„Es wird nichts ändern, wenn du dich rächst. Das macht es nicht ungeschehen."

Widerstrebend ließ Crysm sich zum Tisch ziehen.

„Vielleicht ändert sich nichts, aber ich werde mich besser fühlen."

„Glaub mir, du wirst es nicht."

Malek hielt inne. Irritiert davon, dass sein Vater ihn so plötzlich losließ, sah er ihn an, folgte dann seinem überraschten Blick zur Tür.

Ash trat langsam ein. Die Jeans und der Pullover, die er sich aus Crysms Kleiderschrank herausgesucht hatte, waren ihm eindeutig zu groß. Er wirkte ziemlich verloren darin. Sein Haar fiel ihm wirr ins blasse Gesicht. Seine Augen jedoch brannten wie glühende Kohlen.

Eric lachte laut auf. „Du hast mir den halben Spaß verdorben, Schmusekätzchen. Ich wollte dich erst heute Abend herholen."

Den Blick weiter starr auf Eric gerichtet, ging er auf ihn zu. Die Hände hinter dem Rücken verborgen, blieb er schließlich kurz vor ihm stehen.

„Ich konnte euer Wiedersehen gar nicht genießen. Wirklich, Ash, du bist ein Spielverderber."

Ash nickte und lächelte sogar.

„Du scheinst mir nicht zugehört zu haben", flüsterte er heiser. „Ich hab dir gesagt, du sollst meinen Namen nie wieder aussprechen."

„Glaubt das Schmusekätzchen immer noch, mir gegenüber die Krallen ausfahren zu dürfen? Hat dir gestern nicht gereicht?"

Ash trat noch näher. „Ich hab doch gesagt, dass du mich töten musst, auf anderem Weg wirst du mich nicht beherrschen."

In der nächsten Sekunde holte er das Messer hinter seinem Rücken hervor und zog die Klinge blitzschnell quer über Erics überraschtes Gesicht.

Fassungslos starrte er Ash an, unfähig zu reagieren.

„So überrascht? Hast du wirklich geglaubt, ich spiele freiwillig für dich das Opfer?"

Die Wunde begann, sich wieder zu schließen. Eric wischte sich das Blut aus dem Gesicht und stand auf. Gleich darauf spürte er die Klinge an seinem Bauch.

„Nur eine Bewegung und ich kastriere dich. Mal sehen, ob der auch wieder nachwächst."

Eric konnte noch immer kaum realisieren, das Ash sich tatsächlich dafür entschieden hatte, ihn zu attackieren. Dieser verdammte kleine Mistkerl machte einfach nicht das, was er sich zurechtgelegt hatte. Wo war dessen Angst geblieben, an der Eric sich am Vortag noch gelabt hatte?

Wütend ballte er die Hände zu Fäusten. „Du willst dich wirklich mit mir anlegen? Bist du irre, oder was?"

„Nicht halb so verrückt wie du."

„Du hast keine Chance gegen mich."

„Nun. Es käme auf den Versuch an, richtig? Was habe ich groß zu verlieren? Nichts! Du dagegen? Alles! Deine Rache gegen Crysm ist fehlgeschlagen. Der Versuch mich zu brechen ist im Sande verlaufen. Wirklich traurig."

In Eric kochte es. Er verstand noch immer nicht, woher Ash diese Ruhe nahm. Warum er sich nicht zitternd vor Angst vor ihm versteckte. „Woher nimmst du diesen Mut? Hab ich dir den Verstand raus gevögelt oder was?"

Ash beugte sich dicht zu ihm heran, das Messer drückte fester gegen Erics Bauchdecke.

„Das warst du." Er neigte den Kopf leicht zur Seite und lächelte beinahe zufrieden. „Du musstest mich doch unbedingt zum Werwolf machen. Wenn du jetzt nicht mit ihm umgehen kannst, ist das doch nicht mein Problem."

„Das ist unmöglich." Eric wich tatsächlich zurück. „Der Virus deckt deine dunkelste Seite auf. Ich hab dafür gesorgt, dass du von ihr beherrscht wirst."

Ashs Blick wurde mitleidig, was Eric noch weiter verwirrte.

„Es tut mir leid, aber so etwas habe ich nicht."

„Mach dich nicht lächerlich. Du lässt dich nicht von diesen Typen auf offener Straße zusammenschlagen, ohne auf Rache zu sinnen? Du lässt dich nicht von der Familie hinausekeln, ohne auf Wiedergutmachung aus zu sein? Du lässt dich nicht von mir vergewaltigen, ohne eine Entschädigung dafür zu verlangen?"

„Richtig. Ich wollte keine Rache, sondern nur meine Ruhe. Ich wollte keine Wiedergutmachung, sondern nur die Chance, zu zeigen, dass ich nicht so bin, wie alle anderen. Ich will keine Entschädigung, sondern nur, dass du dich von mir fernhältst. Das, was du in mir wecken wolltest, existiert nicht."

Erics Gelassenheit war endgültig verschwunden. „Du hast heute Nacht Menschen umgebracht."

„Nun. Ich bin hier aufgewachsen. Ich kannte die Vier. Und wenn sie jetzt noch immer herumsuchen würden, gäbe es bald nichts Lebendiges mehr in diesem Wald. Ich glaube aber auch, jedes verletzte Lebewesen würde im ersten Moment blind um sich schlagen, hab ich recht? Du warst ja nicht mehr da."

Eric war geschlagen. Seine gesamte Körperhaltung zeigte das.

Ash legte das Messer auf den Tisch.

„Du kriegst mich nicht klein. Du hättest mir einfach besser zuhören sollen."

Kopfschüttelnd senkte Eric den Blick. Dieses kleine Schmusekätzchen hatte ihn in die Knie gezwungen. Niemals hätte er das für möglich gehalten.

Kapitel 15

Ohne Probleme hatten sie Eric in den Wagen seiner Eltern verfrachten können. Ricardo hatte keine Verzögerung hinnehmen wollen. Der Schock, dass sein Sohn scheinbar verrückt war, saß zu tief, als das Er es ertragen könnte, seine Familie jetzt um sich zu haben. Dass Erics Verhalten noch Konsequenzen haben würde, wusste er.

Bei dem ganzen Aufruhr hatte Crysm Ash aus den Augen verloren, fand ihn aber schließlich auf der Terrasse.

„Hey, Sweet Heart."

Ash verfolgte mit nachdenklichem Blick, wie Crysm sich neben ihn setzte.

„Du schaffst es jeden Tag, mich zu überraschen."

Ein kurzes Lächeln huschte über Ashs schmales Gesicht.

Vorsichtig nahm Crysm seine Hand. Er spürte tatsächlich Angst, das Ash diese Berührung ablehnen könnte.

„Ich werde nicht mehr nach Hause gehen können, oder?"

„Nein."

Ash nickte nur. Er hatte sich das schon gedacht. „Ich liebe meine Eltern. Ich wünschte, ich könnte ihnen wenigstens sagen, dass es mir gut geht."

„Vielleicht, wenn ein wenig Zeit vergangen ist. Im Moment wäre es ein Fehler. Wie kommst du mit dieser Veränderung zurecht?"

„So genau habe ich darüber noch gar nicht nachgedacht. Aber ich werde alles tun, um mich nicht unterkriegen zu lassen. Ich will nicht länger Opfer sein, also muss ich lernen, damit zu leben und umzugehen. Außerdem bist du doch da. Das gibt mir Sicherheit. Du hast keine Angst, also werde ich auch keine haben."

Ash sah Crysm wieder an. Er konnte seine Anspannung so intensiv spüren, als fühle er sie selbst. „Ich dachte, du hättest vor gar nichts Angst. Im Moment jedoch wirkst du genauso, wie ich mich fühle."

Crysm hob eine Augenbraue. „Soll das ein Witz sein? Ich würde dich so gern in den Arm nehmen. Ich weiß nur nicht, ob du das möchtest. Ich will dir nicht wehtun."

Ash schlang lächelnd die Arme um seinen Hals.

„Dummkopf. Vor dir hab ich doch keine Angst. Niemals." Er schloss die Augen und atmete den so vertrauten Duft ein, den er so liebte.

„Du könntest mir nie wehtun, Crysm."

Zögernd strich Crysm über Ashs Rücken. „Ich liebe dich, Sweet Heart. Ich würde alles dafür geben, das ungeschehen zu machen."

Ash küsste ihn auf die Wange. „Sei einfach nur da, mh. Halt mich fest und lass es mich für den Augenblick vergessen."

„Deine Stärke ist bewundernswert."

„Nein. Das ist nicht meine Stärke, sondern die des Wolfes. Eigentlich könnte ich nur heulen."

Crysm zog ihn fester an sich. „Mach das. Ich verspreche, ich lach dich nicht aus. Und du musst keine Angst haben. Dein Wolf möchte dir helfen. Lass es zu."

Es dauerte, bis Ash sein Gesicht in Crysms Halsbeuge drückte und seine Schultern anfingen zu beben, aber dann konnte er sich nicht länger zurückhalten.

Schweigend hielt Crysm ihn fest, streichelte sein Haar. Vereinzelt musste er selbst gegen die Tränen ankämpfen. Er durfte nicht auch noch zusammenbrechen, nicht jetzt. Später, wenn es Ash besser ging. Außerdem hatte er schon nachts bei Chiara und Doreen genug geheult.

Chiara beobachtete sie von der Terrassentür aus. Als Monika neben sie trat, wischte sie sich hastig über die Augen.

„Du kannst wirklich stolz auf deinen Sohn sein."

„Er liebt Ash. Das habe ich, wenn auch mit reichlicher Verspätung, endlich eingesehen. Dieser Junge ist nicht bloß eine Affäre. Ich vermute, nur Ash selbst könnte diese Beziehung beenden."

Chiara seufzte leise. „Was habt ihr jetzt vor? Hier zu bleiben, ist riskant. Dann muss Ash eingesperrt werden, damit ihn niemand sieht."

„Es heißt mal wieder umziehen. Vermutlich werden wir erst einmal Doreens Gastfreundschaft in Anspruch nehmen. Es weiß schließlich niemand, wie Ash mit seiner neuen Seite zurechtkommt. Da ist ihr abgelegenes Landhaus der geeignetste Ort, wo er es lernen kann, ohne ständig über irgendwelche Gefahrenquellen zu stolpern."

Crysm saß abends in seinem Zimmer auf dem Boden und beobachtete amüsiert Ashs nervöses Auf und Ab tigern.

„Nun komm schon. Setz dich. Du hast es gestern auch geschafft."

„Irrtum. Gestern bin ich wach geworden und war ein Wolf. Warum müssen wir das schon jetzt machen?"

„Je schneller du es lernst, desto besser. Du musst diesen Teil in dir als völlig eigenständig betrachten. Er hat sein eigenes Aussehen, seine eigenen Interessen. Wenn du dich weigerst, mit ihm zu kommunizieren, wird er versuchen, dich zu beherrschen. Ich hab dir schon erklärt, wohin das führen kann. Er hat dir doch schon geholfen. Somit ist dein Wolf nicht abgeneigt, sich mit dir zu verständigen."

Ash ließ sich seufzend vor ihm nieder. „Schön, was muss ich tun?"

Crysm lachte. „Erst einmal ruhiger werden. Ich kann mir nicht vorstellen, dass du die Veränderung noch nicht gespürt hast. Versuch, daran anzuknüpfen. Such den Kontakt."

„Ich weiß nicht. Es fühlt sich gefährlich an. Was ist, wenn er nur darauf wartet."

„Ash. Dieser Wolf ist ein Teil von dir. So wie du ihn spürst, spürt er dich auch. Und wenn mich nicht alles täuscht, und du das, was du zu Eric vorhin gesagt hast, ernst meintest, hat er gestern versucht, dich zu schützen, nicht dich zu vernichten. Sende ihm ein paar Signale, lass dir von ihm zeigen, wie er alles um euch herum wahrnimmt."

Ash war noch immer skeptisch. Gut, ja. Er hatte gestern das Gefühl, in absoluter Sicherheit zu sein, als der Wolf das Kommando übernommen hatte. Und er hatte heute Morgen deutlich gespürt, dass da noch etwas in ihm war, doch das waren Zufälle gewesen. Kontakte, die er nicht herbeigerufen hatte.

„Ich hab den ganzen Tag nichts gefühlt."

„Wenn du dich nicht darauf einlässt, warum sollte er es ständig versuchen?" Crysm ergriff seine Hände. „Schließ die Augen, vielleicht geht es dann leichter. Stell dir vor, du möchtest besser hören, riechen. Lock ihn damit, dass er dir seine Fähigkeiten zur Verfügung stellt."

Ash nickte, schloss die Augen und atmete tief durch.

Zuerst schien es, als passierte überhaupt nichts. Dann jedoch hörte er kratzende Geräusche. Irritiert sah er Crysm wieder an. „Was ist das?", flüsterte er. Selbst seine Stimme kam ihm viel zu laut vor.

Crysm lächelte zufrieden. „Wir haben Ratten im Keller. Vermutlich hörst du die gerade. Beute. Darauf konzentrieren sie sich als Erstes."

Crysm drückte kurz seine Hände etwas fester. „Zeig ihm, dass du seine Kontaktbereitschaft gut findest. Er hat die letzten Stunden mit dir zusammen durchgemacht. Für ihn gibt es dafür aber keine Worte, keine Beschreibung. Er wird dadurch ziemlich verwirrt sein. Aber für ihn zählt nur das Hier und Jetzt. Er hält sich nicht an der Vergangenheit fest, da er sie sowieso nicht ändern kann. Vielleicht ganz hilfreich um damit zurechtzukommen. Was einen nicht umbringt, macht einen stärker. Lahmer Spruch, ich weiß, aber dennoch passend. Lass ihn einfach alles in Ruhe entdecken. So weiß er, dass es auch dir gut geht und du damit umgehen kannst."

Ash spürte, wie seine Sinne sich langsam streckten, als würden sie aus einem tiefen Schlaf erwachen. Er konnte hören, wie unten jemand durch die Eingangshalle ging, konnte riechen, dass in der Küche noch ein Spiegelei gebraten wurde.

„Nimmt er nur wahr, was mit Essen, mit Beute zu tun hat?"

„Wenn du das möchtest. Du kannst ihm aber auch verständlich machen, dass du gar nicht jagen willst. Wenn du genug gegessen hast, wird er das problemlos akzeptieren."

Vorsichtig tastete er sich an dieses Fremdartige heran. Es war, als würden kleine Elektroschocks durch seinen Körper jagen. Pure Energie, die seine Muskeln erzittern ließ. Trotz der geschlossenen Fenster hörte er den Wind in den Bäumen, roch die feuchte Erde im

Garten. Ein Signal überflutete seine Sinne, so heftig, dass ihm fast die Luft wegblieb.

„Laufen", flüsterte Ash. „Er will mit dem Wind laufen."

Crysm lachte leise. „Lässt du dich darauf ein?"

Langsam nickte Ash und Crysm zog ihn auf die Füße. „Dann ab nach draußen. Du fällst wahrscheinlich kopfüber die Treppe hinunter, wenn du dich schon hier oben verwandelst."

Ash beachtete kaum seine Umgebung, als Crysm ihn ins Erdgeschoss und auf die Terrasse führte.

Monika folgte ihnen sofort. „Übertreibe es nicht, Crysm."

„Natürlich nicht. Ich werde schon aufpassen."

Er wandte sich wieder zu Ash und lächelte ihn beruhigend an. „Gib ihm nicht zu viele Freiheiten. Sobald du glaubst, dass es genug ist, oder dass er zu weit geht, beende es. Kein Zögern. Zögern ist Schwäche, und die könnte er ausnutzen."

Ash nickte, sein Blick jedoch war skeptisch.

„Keine Angst, Sweet Heart. Ich bin die ganze Zeit an deiner Seite." Er musterte Ash nachdenklich.

„Was ist?"

„Es ist besser, du ziehst dich aus. Von den Klamotten bleibt nicht viel übrig nach einer Verwandlung."

Ash atmete tief durch, bevor er sich den Pullover über den Kopf zog. Sein Vertrauen zu Crysm war grenzenlos, aber Monika stand noch immer bei ihnen und vor ihr genierte er sich doch. Fröstelnd rieb er sich schließlich über die Arme.

„Okay. Du brauchst ihm nur zu zeigen, dass du bereit bist."

Es war für Ash noch immer ein kleiner Schock zu sehen, wie aus Crysm, dem Menschen, Crysm, der Wolf wurde.

Es schien wirklich einfach zu sein, obwohl er nicht wusste, wie er diesem Wesen nun sagen sollte, das er sich wandeln wollte.

Im nächsten Moment spürte er ein Kribbeln im ganzen Körper, fühlte, wie sich Sehnen und Muskeln dehnten. Adrenalin schoss durch seine Venen und ... unsanft schlug er mit der Schnauze auf die Fliesen.

Monika biss sich auf die Zunge, um nicht zu lachen. Ashs Sturz hatte wirklich komisch ausgesehen. Sie kniete sich neben ihn. „Überlass ihm die Koordination der Glieder, Kleiner. Du kontrollierst als Mensch euren Körper, er als Wolf. Beschränke dich darauf, gedanklich mit ihm in Kontakt zu bleiben."

Ash rappelte sich wieder auf. Noch unsicher tappte er einige Schritte vor.

„Du machst das Klasse. Er kann mit den vier Pfoten so gut umgehen, wie du mit zwei Füßen. Lass es dir von ihm zeigen."

Es war ein seltsames Gefühl, jemand anderen freiwillig die Kontrolle zu überlassen. Als würde Ash sich selbst nur dabei zusehen.

Der helle Wolf sprang mit einem weiten Satz von der Terrasse und jagte einige Meter über die Wiese.

Ash geriet in Panik. Das war nicht gut, viel zu schnell. Er konnte überhaupt nichts machen, spürte nur die Erde unter den Pfoten. *Anhalten!* Die Krallen gruben sich in den Boden und er rutschte über das nasse Gras. Aber der Wolf war tatsächlich stehen geblieben.

Crysm tauchte neben ihm auf, sein Blick war wachsam. Er wartete, jederzeit bereit, einen weiteren Sprint zu verhindern.

Ash tastete sich vorsichtig an diese brodelnde Energie in seinem Innern heran. Wieder diese verfeinerten Sinne, die ihn alles in neuem Licht präsentierten. Er spürte, dass der Wolf wartete, ihm tatsächlich Zeit gab, mit der veränderten Situation klarzukommen. Er ließ die Eindrücke auf sich wirken, kostete die Spannung aus, unter der der Wolf stand.

Endlich wagte er einen weiteren Versuch, gab ihm das Zeichen und fühlte sofort, wie sich der fremdartige Körper in Bewegung setzte. Es war beinahe wie das Reiten auf einem Pferd. Nur das Ash nicht auf, sondern in ihm war. Stück für Stück tastete er sich weiter vor, spürte, wie der Wind durchs Fell strich, das Gras an den Pfoten kitzelte.

Die Geschwindigkeit nahm zu, der Körper streckte sich. Ash ließ sich von der Euphorie anstecken und begann diesen Lauf zu genießen. Niemals hätte er so schnell rennen können. Bäume und Büsche huschten an ihm vorbei. Er konnte hören, wie Tiere die Flucht ergriffen, als er sich ihnen näherte.

Es dauerte etwas, bis er registrierte, das Crysm tatsächlich die ganze Zeit neben ihm herlief. So gern hätte er ihm gesagt, wie fantastisch er sich fühlte.

Überrascht merkte er, wie der Wolf mit der Schnauze gegen Crysms Schulter stupste.

In einem weiten Bogen kehrten sie zum Haus zurück, wo Monika auf der Terrasse wartete.

Ash fühlte eine angenehme Wärme in seinem Herzen, so als hätte ihn jemand umarmt. Der Wolf bedankte sich, Ash konnte es kaum glauben.

Crysms Verwandlung gelang mühelos. Aufmunternd sah er Ash an.

Gut, so wie er ihm zu verstehen gegeben hatte, das er die Wolfsgestalt annehmen wollte, so funktionierte es wahrscheinlich auch umgekehrt.

Nur Sekunden später stolperte er noch etwas benommen in Crysms Arme.

Mit leuchtenden Augen strahlte Ash ihn an.

„Das war herrlich. Tausendmal besser als jede Achterbahnfahrt."

Lachend drückte Crysm ihn an sich.

„Hab ich's doch gewusst, dass dir das gefallen wird."

Ash zog sich wieder an. Er fühlte sich wie aufgeputscht, wie im Drogenrausch. Noch etwas außer Atem umarmte er sogar Monika, bevor er lachend ins Haus lief.

Crysm schüttelte lächelnd den Kopf.

„Gab es Schwierigkeiten?"

Er sah seine Mutter kurz an. „Absolut keine. Wie ein eingespieltes Team."

Ihre Anspannung löste sich langsam. Es hätte ihr wirklich leidgetan, wenn Ash jetzt nach all dem auch noch von seiner dunklen Seite attackiert worden wäre.

„Du passt aber weiter auf ihn auf?"

„Klar doch." Crysm küsste seine Mutter sanft auf die Stirn. „Mehr als zuvor."

Kapitel 16

Den Vormittag über verbrachte Ash damit, von Chiara das Schachspielen zu lernen. Crysm war in der Schule, damit nicht noch mehr Wirbel um Ashs Verschwinden entstehen konnte. Besonders wohl fühlten sie sich beide nicht bei diesem Versteckspiel, doch sie fügten sich dem Rat von Crysms Eltern. Es war besser Ash blieb verschwunden, als das Er sich den Hunderten von Fragen der Polizei und seinen Eltern aussetzen würde.

Als Crysm endlich kam, ließ er sich äußerst schlecht gelaunt aufs Sofa neben Ash fallen. „Ich hoffe, ihr könnt euch schnell entscheiden, wo wir hinziehen. Lange halte ich das nicht aus, " maulte er, an seinen Vater gewandt. „Die Polizei wollte mich sprechen und ständig ist mir Conny hinterhergerannt."

„Was wollten die Beamten wissen?", fragte Monika. Diese Neugier hatte sie noch nie gemocht.

„Wann ich Ash zuletzt gesehen habe? Ob ich mich wieder mit Mike angelegt hatte? Und so weiter, und so weiter." Er sah Ash leicht gereizt an. „Deine Freundin ist kaum besser."

„Ihr Vater arbeitet bei der Polizei."

„Na großartig." Crysm lehnte sich zurück und fuhr sich mit den Fingern durchs Haar. Zögernd legte Ash seinen Kopf an Crysms Brust. „Es tut mir leid", flüsterte er.

Crysm musterte ihn aus den Augenwinkeln, zog ihn dann mit einem Arm fester an sich heran. „Quatsch. Wofür entschuldigst du dich? Ist doch nicht deine Schuld."

„Wir müssen noch warten. Eine Woche, vielleicht zwei. Wenn wir jetzt unsere Sachen packen, wirft das nur neue Fragen auf." Malek wartete, bis sein Sohn endlich ergeben auf seine Worte nickte, und verließ dann das Wohnzimmer.

Crysm betrachtete das Schachbrett. „Du verlierst", stellte er fest. Ash lachte auf. „Ich lerne es gerade. Und ich stelle mich leider nicht besonders clever dabei an."

Chiara schmunzelte vergnügt. „Endlich kann ich auch einmal gewinnen. Alle anderen in dieser Familie sind mir haushoch überlegen. Da muss ich das doch auskosten, wer weiß, wie lange ich dich noch schlagen kann."

Abends nach dem Essen führte Crysm Ash nach draußen. „Ich möchte dir etwas zeigen. Hast du Lust?"

Ash nickte. Der Drang, wieder mit dem Wind um die Wette zu laufen, sorgte schon seit einer Stunde für Unruhe in seinem Innern.

Als sie kurz darauf davon jagten, rempelte er Crysm übermütig an. So schlecht war das gar nicht, ein Werwolf zu sein. Und so böse und blutrünstig, wie sie immer dargestellt wurden, fühlte er sich nicht.

Crysm dirigierte ihn durch den Wald auf ein bestimmtes Ziel hin. Sie kamen in ein Gebiet, das Ash völlig unbekannt war, obwohl er hier aufgewachsen war.

Crysm überquerte vor ihm eine schmale, knarrende Holzbrücke, die über einen kleinen Bach führte. Fasziniert lauschte Ash einen Moment dem Gurgeln und Plätschern des Wassers. Er war noch immer überwältigt davon, wie viel besser er seine Umgebung wahrnehmen konnte. Er war sogar fast bereit, Eric für dieses Geschenk zu danken.

Endlich riss Ash sich von der im Mondlicht glitzernden Oberfläche des Wassers los und folgte Crysm.

Bereits nach einigen Minuten endete der dichte Wald abrupt und sie standen am moosbewachsenen Ufer eines Sees.

Crysm wandelte sich, wartete bis Ash seinem Beispiel gefolgt war und griff dann nach seinen Händen.

„Na, wie gefällt es dir?"

„Woher weißt du von diesem Ort? Diesen See kenne nicht einmal ich."

„Jetzt weißt du, was ich nachts mache, wenn ich nicht schlafen kann. Wie sieht's aus, kannst du schwimmen?"

Ash ließ sich lachend von ihm ins Wasser ziehen.

Die erste Zeit schwammen sie schweigend nebeneinander, bis Crysm sich auf den Rücken drehte und sich mit leichten Armbewegungen treiben ließ. „Solche Orte haben für mich immer etwas Magisches. Man könnte fast auf den Gedanken kommen, gleich würden irgendwelche Fabelwesen auftauchen."

Ash kicherte leise. „Werwölfe gehören auch in diese Kategorie. Beschrei es also nicht. Sonst tauchen vielleicht noch Einhörner und Elfen am Ufer auf."

Ein Blick in Crysms Augen jagte ihm Schauer über den Rücken. Er atmete tief durch, versuchte ein leichtes Zittern zu unterdrücken.

„Du hattest einen bestimmten Grund, warum du mich hergebracht hast", stellte er flüsternd fest.

Crysm strich ihm Wasser tretend einige Haarsträhnen aus dem Gesicht. „Ich wollte dir diesen See nur zeigen." Seine Finger berührten für eine Sekunde ganz leicht Ashs Wange. „Alles andere liegt ganz allein bei dir."

Ash schloss die Augen. Verdammt, wovor hatte er Angst? Crysm würde ihm nie wehtun. Er war nicht Eric, würde es niemals sein.

Als er ihn wieder ansah, konnte er in seinem Blick lesen, dass er wartete, dass er alles akzeptieren würde, egal wie Ash sich entschied.

„Ich weiß nicht, ob ich das schon kann. Ich liebe dich, Crysm. Ich will dich nicht verletzen, indem ich dich zurückweise."

Crysm küsste ihn auf die Nasenspitze. „Du entscheidest wann, wo und wie. Du kannst mich nicht verletzen. Ich möchte nur, dass du glücklich bist."

Ash berührte vorsichtig seine Brust. Die Sehnsucht nach Crysm war groß und wurde mit jeder Sekunde größer. „Wenn ich Nein sage, hörst du dann sofort auf?"

„Jederzeit."

Nachdenklich sah Ash zum Ufer. „Schwimmen wir zurück?"

Crysm folgte Ash. Vielleicht war es ein Fehler gewesen. Er hatte keine Ahnung, was Eric ihm alles angetan hatte, wie sehr er ihn verletzt hatte. Verlangte er zu schnell zu viel? Aber er wollte einfach nicht, das Ash diese furchtbaren Erinnerungen zu tief in sich vergrub. Wenn möglich, sollte er sie mit schönen austauschen. Eric würde ihn kein zweites Mal in die Finger bekommen, das würde Crysm mit allen Mitteln verhindern.

Als sie das Ufer erreichten und Ash aus dem Wasser ging, zog sich Crysms Herz schmerzhaft zusammen. In dem Mondlicht wirkte er beinahe unwirklich. Als könnte er sich einfach in Luft auflösen, wenn er ihn berührte.

Ash drehte sich zu ihm um. Sein Blick entfachte in Crysm ein Feuer, was ihm für Sekunden den Atem nahm.

„Ich vertraue dir. Ich habe nicht vor, mich von jemandem beherrschen zu lassen." Ash verschränkte seine Arme hinter Crysms Nacken. „Außerdem bin ich verrückt nach dir."

Crysm strich mit den Händen über seinen Rücken, küsste Ash erst auf die Stirn, dann auf die Wangen, bevor er seine Lippen auf Ashs leicht geöffneten Mund drückte und sacht mit seiner Zunge die von Ash berührte.

Ashs Aufstöhnen war Musik in seinen Ohren. Er zog seinen Freund dichter zu sich heran, ließ sie beide langsam auf dem dichten Moosteppich in die Knie sinken.

Mit geschlossenen Augen legte er mit dem Mund eine heiße Spur Ashs Hals hinunter, umkreiste mit der Zunge seine schon harte Brustwarzen und entlockte ihm ein zitterndes Keuchen, als er sacht zubiss.

Ashs Finger krallten sich in sein Haar, drückten seinen Kopf tiefer und er folgte bereitwillig. Vorsichtig glitten seine Hände über Ashs Gesäß, doch als dieser der Berührung leicht auswich, schob er sie sofort wieder höher, berührte dann sein halbsteifes Glied und küsste seinen Bauchnabel.

Ash rieb sich an seinen Händen, grub seine Fingernägel in Crysms Schultern.

Crysm leckte über die samtige Haut von Ashs Penis, bevor er ihn in den Mund nahm und daran saugte.

Ashs Keuchen wandelte sich in ein leises Wimmern, fahrig strichen seine Hände über Crysms Haar und Nacken.

Crysms Kopf hob und senkte sich, mit den Fingern massierte er Ashs Hoden. Als er spürte, dass er gleich würde kommen, biss er ihm leicht in die Eichel.

Mit einem Schrei pumpte Ash seinen Samen in Crysms Hals und ließ sich benommen zurückfallen.

Crysm sah ihn lächelnd an, doch bevor er etwas sagen konnte, schlang Ash die Arme um seinen Nacken und zog ihn zu sich herunter. „Wage es nicht aufzuhören", flüsterte er, noch immer nach Luft ringend. „Ich will dich in mir spüren, Crysm."

Crysm strich über Ashs flachen Bauch, drehte ihn dann sanft auf die Seite und legte sich hinter ihn. Wieder ließ er seine Hände über Ashs Hintern wandern, diesmal jedoch kam er ihm entgegen, statt zurückzuweichen.

Langsam ließ er seine Finger in Ash hinein gleiten, spürte, wie er sich bereitwillig entspannte.

Crysm beugte sich vor, küsste ihn und fing ein neues Spiel ihrer Zungen an, wobei er seine Finger zurückzog, Ashs schmale Hüfte umfasste und wieder seine Männlichkeit liebkoste.

Langsam, genau darauf achtend, wie Ash sich verhielt, drang er in ihn ein, ohne ihren Kuss zu unterbrechen.

Er wartete, nachdem er ganz von Ashs Enge umschlossen war, bis dieser auffordernd sein Becken bewegte.

Seine krampfhaft aufrecht gehaltene Selbstbeherrschung verabschiedete sich. Er zog sich etwas zurück, stieß wieder zu und entlockte Ash ein tiefes Stöhnen. Mit einer Hand reizte er seine Brustwarzen, die andere schob er unter seiner schmalen Hüfte durch und ließ sein Glied ein zweites Mal steif werden, während ihre Bewegungen schneller wurden.

Ash legte den Kopf in den Nacken, gegen Crysms Brust.

Crysm spürte, wie er ihm mit jedem Stoß entgegenkam und mit den Nägeln brennende Spuren auf seinem Hintern zog, an dem er sich festkrallte, um ihn noch näher zu sich zu ziehen.

Er fühlte, dass er kurz vorm Orgasmus stand, bemerkte mit Genugtuung, das auch Ash seinem zweiten Höhepunkt entgegen steuerte und hielt sich mühsam zurück.

Erst als Ash ihm in die Wange biss und mit einem heftigen Zittern seinen Samen über Crysms Hand verteilte, seine Muskeln sich krampfhaft zusammenzogen, konnte er sich nicht mehr beherrschen. Mit einem tiefen Stöhnen entlud er sich in Ashs zuckenden Körper.

Nur zeitlupenhaft nahm Ash seine Umgebung wieder wahr. Er konnte Crysm noch immer in sich spüren und wagte es nicht sich zu bewegen, um dieses herrliche Gefühl weiter auszukosten. Ja es war richtig gewesen. Ihre Liebe und der Sex vertrieben die Erinnerungen an Eric in den hintersten Winkel seiner Gedanken.

Sie würden bleiben aber sie würden ihre Macht verlieren ihn zu quälen. Mit jedem weiteren Tag ein Stück mehr.

Langsam tastete er nach Crysms Händen und zog sie fest um seine Taille.

„Lebst du noch?"

Crysm lachte leise. Sein Atem kitzelte an Ashs Nacken.

„Kann ich noch nicht sagen. Im Moment sitze ich gerade auf einer Wolke."

Ash drehte leicht den Kopf, spürte sofort Crysms sanfte Lippen auf seinem Mund.

„Lass uns da noch etwas sitzen bleiben, ja?", flüsterte er.

Crysm sah ihn zärtlich an. „Solange du willst."

Erst nach einigen Minuten zog sich Crysm aus Ash zurück. Und erst nach einer Stunde konnten sie sich dazu aufraffen, den Rückweg anzutreten.

Endlich wieder im Haus, konnte Ash sich vor Erschöpfung kaum auf den Beinen halten.

Crysm trug ihn so leise wie möglich nach oben, zuerst ins Bad für eine kurze, kaum erfrischende Dusche und dann ins Bett.

Schon halb eingeschlafen kroch Ash so dicht an ihn heran, als wollte er mit ihm verschmelzen.

„Du bist das Beste, was mir passieren konnte", murmelte er, bevor der Schlaf ihn endgültig einholte.

Crysm hielt ihn in seinen Armen und küsste ihn sanft auf die Stirn.

„Die Worte kann ich nur zurückgeben, Sweet Heart."

Kapitel 17

Monika blieb einen Moment an der Tür stehen und betrachtete die beiden Schlafenden nachdenklich.

Sie hatte Ash anfangs wirklich abgelehnt. Er könnte für Crysm niemals der Richtige sein, davon war sie überzeugt gewesen.

Jetzt jedoch musste sie mit Überraschung feststellen, dass ihr dieses kleine Kerlchen ans Herz gewachsen war. Und das Crysm durch ihn in den wenigen Wochen sehr viel ruhiger und ausgeglichener geworden war.

Seufzend trat sie ans Bett und berührte ihren Sohn leicht an der Schulter. „Aufwachen, Crysm."

Zur Antwort bekam sie nur ein undefinierbares Murmeln.

„Crysm, komm schon. Die ersten beiden Stunden hast du bereits verpennt."

„Egal", erklang es zwischen Ashs blonden Haarsträhnen hindurch, hinter denen Crysm sich zu verstecken versuchte.

„Nein. Los, raus aus den Federn."

Widerwillig befreite er sich aus Ashs Umklammerung und stand auf. „Du bist grausam, Mom."

Leise lachend schob sie ihn aus dem Zimmer Richtung Bad. „Wenn ihr zwei euch nachts sonst wo herumtreibt, habe ich nichts dagegen. Solange du deine anderen Verpflichtungen nicht vernachlässigst."

Bevor er die Tür des Badezimmers hinter sich schloss, grinste er sie an. „Wir haben uns nicht herumgetrieben. Wir haben nur ein wenig Spaß gehabt."

Monika wurde tatsächlich rot. „Ich will dass gar nicht wissen, Crysm", rief sie durch die geschlossene Tür. Dennoch nickte sie zufrieden. Ash schien stärker zu sein, als sie geglaubt hatte. Alle Achtung. Der Kleine war scheinbar für eine Menge Überraschungen gut.

Crysm erreichte die Schule kurz vor der dritten Stunde. Er war froh darüber, dass die Pause beinahe um war, denn Conny stand bei den Fahrrädern und schien nur auf ihn gewartet zu haben.

Als sie auf Crysm zutrat, hob dieser abwehrend die Hände. „Ich hab keine Zeit. Tut mir leid." Er konnte ihren wütenden Blick im Nacken spüren und machte, dass er wegkam.

Dass Ashs Freundin hartnäckig war, merkte er in der nächsten großen Pause. Sie setzte sich ihm gegenüber an den Tisch in der Cafeteria und starrte ihn so lange an, bis Crysm aufgab, sie ignorieren zu wollen.

„Wo ist Ash?"

„Ich habe dir gestern schon gesagt, dass ich es nicht weiß. Wir haben uns Freitag in der Schule zuletzt gesehen."

Conny beugte sich zu ihm hinüber und sah ihn mit schmalen Augen an. „Wie kommt es, das ich dir nicht glaube? Was hast du mit ihm gemacht?"

Crysm wollte aufstehen, doch sie packte ihn hastig am Ärmel. „Es war ein Fehler, dass ich ihm nicht gleich ins Gewissen geredet habe, das du der falsche Umgang für ihn bist. Du hast mit seinem Verschwinden zu tun, davon bin ich felsenfest überzeugt."

Gereizt schob Crysm ihre Hand weg. „Du machst dich lächerlich. Glaubst du allen Ernstes, ich könnte Ash etwas antun?"

„Dir trau ich alles zu. Wahrscheinlich hast du auch was mit Mikes und Davids Tod zu tun."

„Jetzt reicht's, Mädchen! Mike war ein Idiot und ein Großmaul. Aber ich hätte ihm die Fresse poliert, wenn er Ash zu nahe gekommen wäre und ihn nicht umgebracht. Such dir jemand anderen, den du mit deinen wilden Spekulationen nerven kannst."

Unbeeindruckt von Crysms Ausbruch hielt sie seinem Blick stand. „Ich habe meinem Vater von dir erzählt. Auch davon, dass du schon mit Mike aneinandergeraten bist und das er deinen Freund auf dem Kieker hatte. Das fand er alles sehr interessant."

„Mike ist von einem Tier angegriffen worden, verdammt noch mal."

Conny neigte leicht ihren Kopf und sah ihn mit hochgezogenen Brauen an. „Ich kann keinen Unterschied erkennen."

Crysm verließ wütend die Cafeteria. Na großartig! Diese Göre schien mehr zu ahnen, als ihm recht war. Hinzu kam, dass ihr Vater auch noch den nötigen Einfluss hatte, ihm ernsthafte Schwierigkeiten zu machen.

Er verließ das Schulgelände und rief von der Telefonzelle an der nächsten Ecke zu Hause an.

Malek versuchte zwar, ihn zu beruhigen, aber die Anspannung blieb den restlichen Vormittag über, bis er endlich den Heimweg antreten konnte und im halsbrecherischen Tempo nach Hause raste.

Seine Ahnung war richtig gewesen. Auf dem Kiesplatz vor der Tür stand ein Streifenwagen.

Zögernd betrat Crysm das Haus und folgte den leisen Stimmen ins Wohnzimmer. Seine Mutter streckte ihm lächelnd eine Hand entgegen. „Gut, dass du schon da bist, Schatz. Die Polizei hat ein paar Fragen an dich." Sie zog Crysm neben sich aufs Sofa.

Der Mann ihm gegenüber war mittleren Alters und machte einen übermüdeten, abgespannten Eindruck. „Crysm, richtig? Wann hast du Ash zuletzt gesehen?"

„Freitag. Wir haben uns vor dem Schulhof verabschiedet und er wollte zur Bushaltestelle."

„Seine Eltern sagten, du hättest mehrmals an diesem Tag bei ihnen angerufen."

„Wir wollten uns eigentlich noch abends treffen, seine Mutter sagte aber, er könnte sich möglicherweise bei Freunden festgequatscht und die Zeit vergessen haben."

Das Kratzen des Kugelschreibers auf dem Notizblock zerrte an Crysms Nerven.

„Was ist mit Mike und David? Die beiden kennst du doch?"

„Klar. Sie haben Ash ständig schikaniert."

„Auch an diesem Tag?"

„Sie haben sich zurückgehalten, wenn ich in Ashs Nähe war. Mike hat es nicht geschafft, mich ebenso niederzumachen, deshalb sind sie auf Abstand gegangen. Ich weiß nicht, ob Ash ihnen begegnet ist, jedenfalls nicht, als ich dabei war."

„Die beiden haben in den letzten Tagen immer wieder davon gesprochen, von einem riesigen Wolf angegriffen worden zu sein. Der Gerichtsmediziner hat bestätigt, dass die tödlichen Bisswunden von einem Wolf stammen."

„Sie haben Ash verprügelt an dem Abend, als sie angeblich diesen Wolf gesehen haben wollen. Nur Ash hat immer gesagt, da wäre niemand außer ihm und den beiden gewesen. Ich hab vermutet, dass sie nur davon ablenken wollten, dass sie wieder auf Ash losgegangen sind."

Der Polizist nickte schließlich und stand auf. „Das wär's fürs Erste. Sollte sich Ash bei dir melden, sage uns bitte umgehend Bescheid."

„Natürlich."

Malek brachte ihn zur Tür und Crysm lehnte sich aufstöhnend zurück.

„Wo ist Ash?"

Seine Mutter lächelte ihn beruhigend an. „Wenn nötig, können sie das ganze Haus auf den Kopf stellen. Ash ist mit Chiara und Thomas zusammen auf dem Weg zu Doreen. Wie du siehst, sind sie alle abgereist. Wir haben der Polizei auch schon gesagt, dass wir wieder wegziehen werden, von wegen, sehr gefährliche Gegend und so."

„Ash ist weg?"

„Ja. Du wirst dich noch ein paar Tage gedulden müssen, bis du ihn wiedersiehst. Aber das erschien uns als die beste Lösung. Ich wollte ihn nicht unbedingt im Keller oder auf dem Dachboden verstecken."

Crysm nickte. Doch bereits jetzt begann er Ash zu vermissen. Er konnte nur hoffen, dass seine Eltern den Umzug schnellstens geregelt bekamen.

Es dauerte zwei ganze Wochen, bis Crysm endlich auf der Rückbank ihrer Limousine saß und sein Vater den Wagen vom Haus weg hinter dem Möbeltransporter auf die Straße lenkte.

In dieser Zeit hatte Conny seine Geduld mit ihren endlosen Fragen und Sticheleien auf eine harte Probe gestellt und die Telefonate mit Ash hatten kaum dazu beigetragen, dass er sich besser fühlte.

Crysm sehnte sich nach ihm, wollte wieder in seinen blauen Augen versinken und ihn in die Arme nehmen.

Ihm war bewusst geworden, wie sehr er Ash brauchte, das er in der kurzen Zeit, die sie sich kannten, bereits einen sehr wichtigen Platz in seinem Leben eingenommen hatte.

Er liebte, vertraute, bewunderte Ash und würde ihn für nichts auf der Welt freiwillig wieder hergeben.

Kapitel 18

Ash genoss es, jede Nacht durch die wilde Natur zu streifen. Doreens Anwesen war riesig und wegen ihrer eigenen Vorlieben für Wildnis völlig sich selbst überlassen. Dazu gehörte ein dichter Wald, ein See mit einem Wasserfall, Hügel, große Wiesen.

In den vergangenen zwei Wochen hatte Ash noch nicht einmal die Hälfte der Umgebung kennenlernen können, deshalb war er auch jetzt wieder unterwegs.

Hirsche und Wildschweine hatte er bereits aufgespürt, doch gesehen hatte er noch keine. Sie ergriffen die Flucht, sobald sie ihn witterten, sodass er sie nur riechen konnte.

Manchmal begleitete Chiara ihn, doch heute wollte sie unbedingt eine Liebeskomödie im Fernsehen sehen.

Ash kühlte gerade seine Pfoten im Wasser des Flusses, der sich in einer Schlangenlinie durch das gesamte Gelände zog, als er deutlich spürte, dass er nicht mehr allein war.

Aufmerksam hob er den Kopf und lauschte. Crysm konnte es nicht sein, er würde erst morgen früh ankommen. Aber es war ein anderer Wolf, soviel stand fest.

So leise wie möglich kletterte er ans Ufer. Doreen würde sich nicht verstecken, wenn sie tatsächlich hier draußen unterwegs wäre. Hatte Chiara sich doch um entschieden?

Schnüffelnd versuchte er, mehr Information über den fremden Wolf zu bekommen. Es war kein weibliches Tier, schon mal etwas.

Unruhig sträubte Ash sein Fell. Er war der einzige männliche Werwolf auf Doreens Anwesen.

Das Brechen von Zweigen und Rascheln von Laub ließ ihn kurz erstarren. Noch bevor Ash sich entscheiden konnte, ob er bleiben oder fliehen sollte, sprang ein großer Schatten durch die Büsche auf ihn zu. Das braune Fell schmutzig und zerzaust, in den hellen Augen blitzte der Wahnsinn.

Ash schlug panisch einen Haken und jagte davon. Er konnte Erics Keuchen hinter sich hören, wagte es aber nicht, auch nur andeutungsweise einen Blick in seine Richtung zu werfen.

Eric war schnell, zu schnell. Mehrmals schnappten seine Kiefer knapp neben Ashs Hinterläufen zu, bevor sich die Zähne durch das weiße Fell ins Fleisch gruben. Jaulend überschlug Ash sich mehrmals, kam wieder auf die Pfoten und rannte weiter. Er würde auf keinen Fall stehen bleiben.

Wieder schnappte Eric nach ihm, riss ihm büschelweise Fell aus der Schulter. Ash kam aus dem Tritt, wäre beinahe wieder gestürzt, konnte sich im letzten Moment doch noch halten.

Endlich sah er die Lichter des Hauses. Dieses Stück würde er noch schaffen, musste er noch schaffen.

Eric schien wild entschlossen zu sein, ihn zu töten.

Seine Angriffe mehrten sich, je näher sie dem Haus kamen. Ash versuchte im Zickzack zu laufen, um Eric so zu beschäftigen und an weiteren Attacken zu hindern.

Schließlich rannte er blindlings durch Doreens Rosengarten, verlor auf der dahinter beginnenden Terrasse den Halt und schlitterte über die Fliesen. Mit einem lauten Klatschen stürzte er kopfüber in den Pool.

Doreen sprang aus dem Sessel, als sie durch die geöffnete Terrassentür hörte, wie etwas ihre geliebten Rosen niedermähte. Das laute Platschen des Wassers ließ sogar Chiara aufhorchen.

Sofort schaltete Thomas die Gartenbeleuchtung ein und lief nach draußen.

Prustend hielt sich Ash am Poolrand fest. Das Blut aus seiner Wunde am Bein färbte das Wasser rot und er hatte Mühe, wieder Luft zu bekommen.

Thomas zog ihn ohne Probleme an den Händen aus dem Wasser, doch kaum hatte Ash wieder Boden unter den Füßen, flüchtete er ins Haus, zog Thomas hinter sich her und knallte die Tür zu.

Chiara legte ihm hastig eine Decke um die Schultern.

„Eric", keuchte Ash. „Eric ist da draußen."

„Chiara kümmere dich um Ash. Ich sehe nach, ob irgendwo noch Fenster offen sind, und werde Ricardo anrufen." Doreen verließ das Wohnzimmer. „Er sollte diesen Verrückten doch einsperren", fluchte sie lautstark.

Chiara schob Ash zu einem Sessel. „Thomas hole ein paar Handtücher und für Ash was zum Anziehen."

Aufmerksam betrachtete sie seine Verletzung. „Es fängt schon an, zu heilen. Keine Sorge, nichts Ernstes."

Ash schloss erschöpft die Augen. „Er wollte mich umbringen, Chiara." Seine Stimme zitterte heftig.

Sie strich ihm aufmunternd durchs Haar. „Er hat es aber nicht. Kopf hoch, Kleiner. Du bist jetzt in Sicherheit."

Nur langsam beruhigte Ash sich. Schließlich konnte er Doreen im Nebenzimmer ins Telefon schreien hören. Sie schien wirklich außer sich zu sein.

Als sie wieder zurückkam, füllte sie sich erst einmal ein Glas mit Whiskey.

„Den brauche ich jetzt." Hastig kippte sie den Inhalt ihre Kehle hinunter. „Ricardo macht sich auf den Weg hierher. Ash, du wirst das Haus nicht mehr verlassen, jedenfalls nicht mehr allein." Sie füllte sich ein weiteres Glas. „Ich will mir nämlich nicht einmal im Traum ausmalen, wer mich zuerst umbringt, wenn dir was passiert. Crysm, Malek oder Monika oder alle zusammen."

Auch der Inhalt des zweiten Glases verschwand genauso schnell wie der Erste. „Vermutlich alle drei zusammen. Verdammt, warum schon wieder dieser Angriff auf dich?"

Ash hielt damit inne, sich das Haar trocken zu rubbeln. „Sein Plan hat nicht funktioniert, weil ich nicht so funktioniert habe, wie er sich das vorstellte."

Chiara legte einen Arm um seine schmalen Schultern. „Er hat den Verstand verloren, Ash. Ich bin mir nicht einmal sicher, ob er nicht schon immer verrückt war. Komm." Sie drückte ihn kurz an sich.„Morgen ist Crysm hier. Er wird nicht zulassen, dass dir Eric noch einmal zu nahe kommt."

Ash versuchte ein Lächeln, was jedoch recht kläglich ausfiel. Der Schock saß tief und die Erinnerung an die vorherige Begegnung mit Eric machte es kaum leichter.

Hastig wischte er sich die ersten Tränen von den Wangen. Er wollte nicht daran denken. Diese Macht wollte er Eric nicht zugestehen.

„Es ist völlig normal, dass du Angst vor ihm hast, Ash. Das ist keine Schande, " flüsterte Chiara. „Du weißt, dass du jederzeit darüber reden kannst."

Ash schüttelte den Kopf. „Ich weiß, dass ich nur ein einziges Mal darüber reden werde. Wenn das passiert, dann nur mit einer Person." Er sah Chiara traurig an. „Und die ist im Moment nicht hier."

Crysm stürmte die Treppen nach oben, kaum dass er nach der Ankunft von Doreen gehört hatte, was vorgefallen war.

Er riss beinahe die Tür des Zimmers, was sie ihm genannt hatte, aus den Angeln und zog Ash, der ihn völlig verschlafen anstarrte, fest in seine Arme.

„Geht's dir gut, Sweet Heart? Bist du verletzt?"

Mühsam schaffte es Ash, wenigstens so viel Abstand zwischen sich und Crysm zu bekommen, um wieder Atmen zu können.

„Du hast mich zu Tode erschreckt. Bis eben ging es mir gut."

Crysm nahm sein Gesicht in seine Hände. „Lüg mich nicht an."

Ash lachte leise. „Tu ich nicht." Er schob die Decke zur Seite. „Da. Die Wunde ist schon verheilt." Er wies auf seinen rechten Oberschenkel. „Nichts mehr zu sehen."

Crysm umarmte Ash wieder. Er hatte geglaubt, der Boden würde sich unter ihm auftun, als er von Erics Angriff gehört hatte. Nach den furchtbaren Stunden, in denen er nicht gewusst hatte, wo Ash war und wie es ihm ging, hatte er deutlich gemerkt, dass er sich ohne ihn einfach kein Leben mehr vorstellen konnte. Ash war so wichtig wie die Luft zum Atmen.

Als er Ashs Hände an seinem Haar spürte, seufzte er. „Du weißt gar nicht, wie sehr du mir gefehlt hast."

Ash küsste ihn auf die Wange. „Wenn du das Gleiche gefühlt hast, wie ich, dann schon."

Er schob seine Hände unter Crysms Shirt und streichelte seinen Rücken. „Vielleicht möchtest du es mir aber auch zeigen", flüsterte er ihm ins Ohr, was Crysm erschauern ließ.

Er sah Ash tief in die blauen Augen, stand dann eilig auf, warf die Tür ins Schloss und entledigte sich hastig seiner Klamotten.

„Du bist kein Werwolf", knurrte er, während er zu Ash unter die Decke kroch. „Du bist ein Hexer."

„Wenn ich zaubern könnte, hätte ich bestimmt nicht zwei Wochen verstreichen lassen."

Crysm strich über Ashs flachen Bauch, ließ seine Hand etwas tiefer wandern und sah ihn mit hochgezogenen Augenbrauen an. „So sehr hast du mich vermisst?"

Ash beobachtete ihn mit halb geschlossenen Augen, während er seine Beine weiter auseinander schob. „Erwischt. Ich kann einfach nichts vor dir verbergen."

Crysm küsste ihn zärtlich, streichelte weiter seine Härte und lauschte zufrieden Ashs Stöhnen.

„Ash?"

„Mh?"

Crysm spürte wie Ashs Hände auf seinem Rücken hinterglitten.

„Sweet Heart. Erfüllst du mir einen Wunsch?"

„Jeden, Crysm, das weißt du doch."

Crysm knabberte an seinem Ohr. Er hatte keine Ahnung, wie Ash auf die Frage reagieren würde, vielleicht sollte er es einfach lassen.

„Hey, du wolltest etwas. Schon vergessen?" Ashs seidenweiche Stimme jagte Schauer über seinen Rücken.

„Schläfst du mit mir? Ich möchte dich in mir spüren, Sweet Heart."

Ash sah ihn so verwundert an, das Crysm die Worte am liebsten zurück genommen hätte.

„Vergiss es. Das war nur so ein Gedanke, nicht wichtig. Ich ..."

Crysm verstummte, als Ash ihm mit einer Hand den Mund zuhielt.

„Ist das dein Ernst?"

Zögernd nickte er.

Ash zog ihn lachend näher. „Wie lange denkst du schon darüber nach?"

„Keine Ahnung. Ab und zu. Ash, wirklich, wenn du ..."

„Scht. Mir gefällt der Gedanke. Mein großer Freund ganz und gar in meiner Hand."

Crysm drehte sich langsam auf den Rücken, zog Ash mit sich, sodass dieser schließlich auf ihm lag.

„Du würdest es tun?"

„Warum denn nicht?" Ashs Hände glitten zwischen Crysms Beine. „Wir können schließlich alles machen, was uns gefällt, richtig?"

Crysm sog zwischen zusammengebissenen Zähnen scharf den Atem ein und konnte nur nicken.

„Ich wäre nur nie auf die Idee gekommen, dass du für so etwas zu haben wärst."

Crysm stöhnte auf. „Warum nicht? Manchmal habe auch ich meine passive Phase." Ashs Streicheln ließ seine Gedanken langsam verschwimmen. „Ich war mir nur nicht sicher, ob ..." Er keuchte auf, als Ash seine Finger in ihn eindringen ließ.

„Ob ich das will?" Ash knabberte an seiner Unterlippe, hauchte dann einen Kuss darauf. „Auch ich habe manchmal meine aktive Phase", gurrte er.

Crysm lachte leise. „Du genießt das, oder?"

„Dich verrückt zu machen, so wie du das sonst mit mir machst? Nicht doch."

Ash beobachtete, wie Crysm sich unter ihm zu winden begann und heftig keuchte, als er seine Finger bewegte.

Er genoss es tatsächlich. Nie hatte er daran geglaubt, das Crysm dazu bereit wäre, sich ihm völlig auszuliefern. Ash freute sich riesig darüber. Er hatte nicht einmal Angst, irgendetwas falsch zu machen. Er wollte nur, das Crysm es auskostete.

Er zog seine Finger zurück, leckte mit der Zunge über Crysms Lippen, bis dieser bereitwillig den Mund weiter öffnete und ihre Zungen sich zu einem wilden Tanz trafen. Erst dann drang Ash in ihn ein, spürte wie Crysm ihm entgegenkam und die Beine um seine Hüfte schlang.

Die Enge, die sein pulsierendes Glied umschloss, war berauschend. Ash verschränkte seine Finger mit Crysms und hielt sie auf dem Laken fest.

Langsam ließ er sich wieder ein Stück aus ihm herausgleiten, wobei er Crysm ein protestierendes Wimmern entlockte, und stieß dann ein weiteres Mal tief hinein.

Ash wiederholte es mehrmals, variierte dabei das Tempo, bis Crysm ihr Zungenspiel abbrach und mit einem heftigen Aufbäumen stöhnend zum Orgasmus kam.

Das Zusammenziehen seiner Muskeln ließ Ashs mühsam aufrecht gehaltene Beherrschung zerbröckeln und nach einem weiteren Stoß entlud er sich keuchend in ihm.

Er küsste Crysm zärtlich, während er sich aus ihm herauszog und sank neben ihm aufs Bett.

Erst einige Minuten später beugte sich Crysm über ihn. „Sag mir, wo du das gelernt hast?"

Ash lachte glucksend, drückte ihn wieder auf die Matratze und kuschelte sich eng an seinen erhitzten Körper. „Von dir. Ich hoffe, es hat dir gefallen."

„Gefallen?" Crysm strich ihm durchs Haar. „Ich freue mich auf eine Fortsetzung."

Kapitel 19

Erst am Nachmittag wachten sie wieder auf und ließen sich im Erdgeschoss blicken.

Ricardo war ebenfalls angekommen und entschuldigte sich bei Ash für seinen Sohn. Er konnte jedoch nicht sagen, wie Eric gewusst hatte, wo er ihn finden würde.

Den Rest des Tages wollten sie beide am Pool genießen, wo sie sich nach wenigen Minuten eine Wasserschlacht mit Chiara und Thomas boten.

Als Monika Getränke nach draußen brachte, kletterte Crysm als Erster aus dem Wasser und schnappte sich ein Handtuch.

Ash versuchte, Chiara ein letztes Mal unterzutauchen, doch sie entwand sich seinem Griff und zog ihn am Knöchel unter Wasser.

Prustend kam er wieder hoch, begleitet von ihrem zufriedenen Lachen. Gerade wollte er sich bei ihr rächen, als er mitten in der Bewegung innehielt.

Seine Augen weiteten sich langsam.

Crysm blickte irritiert über den Rand des Saftglases zu Ash. „Was ist los?"

Ash öffnete den Mund, brachte aber keinen Ton heraus. Dafür reagierte Thomas.

„Crysm, direkt hinter dir."

Bevor er sich umdrehen konnte, hörte er ein dunkles Knurren. Crysm ließ sein Glas einfach fallen und sprang zur Seite, wandelte sich dabei. Geschickt federte er sich mit seinen Pfoten ab und wandte sich in Erics Richtung, der ihn mit gefletschten Zähnen anstarrte.

Sofort kam der erste Angriff, dem Crysm knapp ausweichen konnte. Immer wieder stürzte sich Eric auf ihn, versuchte ihn zu Fall zu bringen. Schließlich erwischte er ihn doch, grub seine Zähne in Crysms Nacken und schüttelte ihn kräftig durch.

Mühsam konnte Crysm sich auf den Beinen halten, schnappte mehrmals nach seinem Gegner, bis er endlich mit den Zähnen kurz seine Brust streifte.

Eric ließ ihn irritiert los, griff aber sofort wieder an. Crysm rutschte auf den nassen Fliesen aus und spürte gleich darauf, wie Eric sich auf ihn warf und nach seiner Kehle schnappte.

Crysm konnte Ash schreien hören, ebenso den einzelnen Schuss, der in seinen Ohren dröhnte.

Erics Blick brach, dann sackte er bewegungslos zusammen. Silber konnte sie trotz allgemeiner Meinung nicht töten. Aber Munition, die nach dem Eindringen in den Körper mit einer Explosion auch das Herz zerfetzte, schaffte dies durchaus.

Crysm rollte sich zur Seite und versuchte auf die Beine zu kommen, als Ash seine Hände in sein dichtes Fell krallte und ihn dann weinend die Arme um seinen Hals schlang.

Sein Blick fiel auf Ricardo, der an der Terrassentür stand, noch immer das Gewehr in den Händen.

Lautlos trat Crysm hinter Ash an den Schreibtisch. „Du brauchst dich gar nicht anschleichen. Ich kann dich riechen, schon vergessen?" Lachend legte Crysm ihm einen Arm um die Schultern. „Was treibst du hier oben so lange?" „Schreiben." Ash hielt einen verschlossenen Umschlag hoch. „Für meine Eltern. Und dieser ... " Er faltete ein dicht beschriebenes Blatt zusammen, „... der ist für Conny." Crysm ließ sich auf seinem Bett nieder. „Was schreibst du ihnen?" „Dass es mir gut geht. Dass sie sich keine Sorgen machen müssen. Dass ich wieder zur Schule gehen werde." Er kam zu Crysm aufs Bett. „Schau nicht so überrascht. Auch ein Werwolf braucht einen Abschluss." Crysm zog ihn in seine Arme. „Sie werden weiter nach dir suchen. Wenn du ..." „Scht." Ash verschloss ihm den Mund mit einem langen Kuss. Dann kuschelte er sich dicht an seinen Freund. „Ich hab ihnen nicht geschrieben, wo ich bin. Die Briefe nimmt Chiara nachher mit und steckt sie bei sich zu Hause in den Kasten. Also wird nicht einmal der Poststempel etwas verraten." „Vermisst du sie?" „Manchmal." Ash strich über Crysms Arm. „Aber du bist für mich wichtiger. Außerdem gestaltet sich mein Leben in deiner Nähe wesentlich interessanter. Ich kann immer noch nicht glauben, dass das mein Leben sein soll, das sich in den wenigen Wochen so verändert hat. Du bist wie ein Tornado in mein Leben gefegt. Alles wurde auf den Kopf gestellt. Doch ich denke gemeinsam können wir auf diesen Trümmern etwas Neues aufbauen. Ich bin froh, dass es dich gibt und das wir uns begegnet sind." Crysm lachte leise. „Ich kann auch ziemlich langweilig sein. Bitte keine falschen Illusionen. Erics Auftritt vor einigen Tagen wird hoffentlich für lange Zeit das Aufregendste gewesen sein." Am Vorabend hatte Ash ihm alles erzählt. Jede widerliche, grausame Einzelheit während Erics Übergriffen. Für den Blonden war es ein weiterer Schritt der Verarbeitung. Für Crysm dagegen der Beweis, wie stark der Kleine im Grunde war. Und wie stolz er sein konnte, ihn an seiner Seite haben zu dürfen.

Ash hob den Kopf und musterte ihn mit funkelnden Augen. „Langweilig?" Seine Hände wanderten über Crysms Hüfte. „Meine Gegenwart ist also langweilig?"

Mit fragend hochgezogenen Brauen rieb er über Crysms Männlichkeit. Scharf sog dieser die Luft ein.

„So hab ich das nicht gemeint." Er versuchte Ashs Hand zu fassen zu bekommen.

Plötzlich stand Ash auf. „Na gut. Wenn du kein Interesse hast! Ich werde dann deinen Vater zu einer Partie Schach herausfordern." Er wollte zur Tür, doch Crysm sprang mit einem Knurren auf und warf Ash aufs Bett zurück. „Untersteh dich! Erst machst du mich heiß und dann verteilst du literweise kaltes Wasser? Da mach ich nicht mit."

Ash kicherte vergnügt, schob ein Bein zwischen Crysms Schenkel und reizte ihn wieder. „Zeig mir, dass du interessanter bist als Schachspielen", schnurrte er.

Das ließ sich Crysm nicht zweimal sagen und Chiara musste noch einige Zeit mit ihrer Abreise warten.

Herstellung und Verlag:
BoD – Books on Demand, Norderstedt
ISBN 978-3-7322-4924-4